दस प्रतिनिधि कहानियाँ

मोहन राकेश

AF810768

किताबघर प्रकाशन
नयी दिल्ली

दस प्रतिनिधि कहानियाँ सीरीज़

दस प्रतिनिधि कहानियाँ

मोहन राकेश

संपादन

जयदेव तनेजा

प्रकाशक
किताबघर प्रकाशन
4855-56/24, अंसारी रोड, दरियागंज, नई दिल्ली-110002
फ़ोन : 011-23266207, 41584421
E-mail : kitabgharprakashan@gmail.com
website : www.bookshindi.com

© अनीता राकेश

पेपरबैक संस्करण : 2024

मूल्य : दो सौ रुपये

मुद्रक : आर. के. ऑफसेट
शाहदरा, दिल्ली-110095

DUS PRATINIDHI KAHANIYAN *(Hindi)*
by Mohan Rakesh
Price : ₹ 200 (Paperback Edition)

ISBN—978-81-7016-546-0

भूमिका

मोहन राकेश की कहानियों के अनेक संकलन प्रकाशित हो चुके हैं और सबमें लगभग एक-सी कहानियाँ ही संकलित की गई हैं । हालाँकि यह वाकई ज़रूरी नहीं कि एक समय-विशेष की बहुचर्चित कहानी रचनाकार की प्रिय कहानी भी हो और न ही यह आवश्यक है कि लेखक की प्रिय कहानी समय-सिद्ध श्रेष्ठ कहानी भी स्वीकार की जा सके। इस तरह, अन्य लेखकों, पाठकों, समीक्षकों, अनुवादकों और इतिहासकारों द्वारा पसंद की गई सभी कहानियाँ अनिवार्यतः उस कहानीकार की प्रतिनिधि कहानियाँ नहीं भी हो सकतीं। फिर भी, प्रत्येक लेखक की कुछ कहानियाँ ऐसी ज़रूर होती हैं, जो इन तमाम वर्गों में समान रूप से ससम्मान सम्मिलित की जा सकती हैं। जहाँ तक मोहन राकेश का प्रश्न है, उनकी कहानियों के कथ्य-शिल्पगत प्रयोगों की संख्या और विविधता को देखते हुए यह एक मुश्किल काम है। फिर भी, राकेश के सहधर्मी और नई कहानी आंदोलन के सहयात्री राजेंद्र यादव 'मिस पाल', 'एक और ज़िंदगी', 'आर्द्रा', 'मलबे का मालिक' तथा 'जानवर और जानवर' को राकेश की 'श्रेष्ठ कहानियाँ' मानते हैं तो मोहन गुप्त द्वारा संपादित संग्रह में 'पाँचवें माले का फ़्लैट', 'उसकी रोटी' तथा 'वारिस' को भी शामिल कर लिया गया है। स्वयं मोहन राकेश 'ग्लास टैंक', 'जँगला', 'मंदी', 'परमात्मा का कुत्ता', 'अपरिचित', 'एक ठहरा हुआ चाकू', 'वारिस', 'सुहागिनें', 'पाँचवें माले का फ़्लैट' तथा 'ज़ख्म' को अपनी 'प्रिय कहानियाँ' मानते हैं । परंतु अपनी प्रतिनिधि कहानियों के अंग्रेज़ी अनुवाद के लिए कार्लो कपोला के साथ मिलकर राकेश ने ही 'उसकी रोटी', 'एक और ज़िंदगी', 'अपरिचित', 'जानवर और जानवर' के अलावा 'सेफ्टी पिन', 'ग्लास टैंक', 'फौलाद का आकाश', 'सुहागिनें', 'गुनाह-बेलज़्ज़त', 'आदमी और दीवार', 'ज़ख्म', 'सोया हुआ शहर', 'काला घोड़ा' तथा '(काला) रोज़गार' को भी चुना था।

हम सब जानते हैं कि भारतवर्ष में समांतर सिनेमा का श्रीगणेश करने वाली मणि कौल की प्रशंसित-पुरस्कृत फिल्म 'उसकी रोटी' मोहन राकेश की कहानी पर ही आधारित थी। रमण कुमार द्वारा फिल्म और टेलीविज़न संस्थान, पूना के लिए बनाई गई उनकी डिप्लोमा-फिल्म 'सदमा' राकेश की कहानी 'एक ठहरा हुआ चाकू' का रूपांतर थी। जोगेंद्र शैली ने अपने टी०वी० धारावाहिक *'मिट्टी के रंग'* के लिए 'मवाली', 'एक ठहरा हुआ चाकू', 'आखिरी सामान', 'मिस्टर भाटिया', 'सुहागिनें', 'मरुस्थल' तथा 'एक और ज़िंदगी' का चुनाव किया तो राजिंदर नाथ ने दूरदर्शन के लिए 'आर्द्रा' को चुना।

देवेंद्र राज अंकुर ने अपनी 'कहानी का रंगमंच' शैली की विभिन्न प्रस्तुतियों के लिए 'अपरिचित', 'मलबे का मालिक', 'बस स्टैंड पर एक रात', 'मिस पाल' तथा 'एक और ज़िंदगी' को पसंद किया तो अरुण कुकरेजा ने 'रुचिका' के लिए 'उसकी रोटी' को। मोहन राकेश की अनेक कहानियों के जर्मन, रूसी, इटैलियन, चीनी और जापानी भाषाओं में अनुवाद भी किए गए और कुछेक भाषाओं में रेडियो से इनका प्रसारण भी हुआ।

इस लंबी भूमिका का अर्थ यहाँ सिर्फ इतना ही है कि मोहन राकेश की उनके मरणोपरांत छपी एकदम आरंभिक बारह कहानियों को यदि छोड़ भी दिया जाए तो सन् 1947 से 1969 के बीच लिखी उनकी कुल 54 कहानियों में से केवल दस प्रतिनिधि कहानियों को चुनना आसान काम नहीं है। राकेश की सिर्फ मध्यवर्गीय चरित्रों पर केंद्रित 'भोगे हुए यथार्थ' की आत्मकथात्मक शैली में लिखी गई बहुचर्चित, चुस्त-दुरुस्त, मार्मिक, जीवंत और सर्वाधिक श्रेष्ठ कहानियों को चुन लेना सुविधाजनक एवं निर्विवाद काम तो है, लेकिन शायद बहुत सही नहीं है। इन्हीं कहानियों को उनकी 'प्रतिनिधि' कहानियाँ मान लेना राकेश की बहुमुखी संवेदना, मौलिक प्रतिभा, उर्वर कल्पनाशीलता और क्रमशः विकसित होती शिल्प-कुशलता के प्रति अन्याय करना होगा। मेरे विचार से उनकी 'प्रतिनिधि कहानियों' में आरंभ से अंत तक के संपूर्ण रचना-काल के विविध दौरों, अनेक जाति, धर्म, वर्ग और ओहदे के बहुरंगी मानसिकता वाले चरित्रों, वैविध्यपूर्ण घटनाओं एवं अनुभवों तथा गाँवों, कस्बों, शहरों, महानगरों और हिल स्टेशनों के बहुवर्णी परिवेश

तथा शिल्पगत बहुविध मौलिक प्रयोगों का पूरा प्रतिनिधित्व होना पहली और बुनियादी शर्त है। इसके बाद तो लगभग एक ही तरह की तीन-चार कहानियों में से एक को रखना और दूसरी को छोड़ देना अंततः चुनावकर्ता की व्यक्तिगत रुचि-अरुचि और समझ पर ही निर्भर करता है।

1950 में प्रकाशित राकेश के पहले कहानी-संग्रह *'इंसान के खँडहर'* की सभी कहानियों के कथ्य और शिल्प दोनों में बेशक एक तरह की 'कोशिश' दिखाई देती है। यहाँ किसी हद तक 'एक अनिश्चित तलाश का कच्चापन', 'जुमलेबाज़ी' और 'शब्दों का अतिरिक्त मोह' भी है। इसके बावजूद, उसमें से एक भी कहानी को न चुनना राकेश की कथा-यात्रा के कच्चे-पक्के आरंभिक महत्त्वपूर्ण पड़ाव को ही नकार देना होगा। यही कारण है कि इस संकलन की पहली कहानी के रूप में अल्पचर्चित किंतु उस दौर की एक प्रतिनिधि और अच्छी कहानी 'सीमाएँ' को रखा गया है। ये राकेश की उन दो-चार कहानियों में से एक है जो शैली की दृष्टि से प्रथम-पुरुष के बजाय तृतीय-पुरुष के रूप में लिखी गई है। इसमें एक किशोरी के अकेलेपन, कुंठा और मनोविज्ञान का अत्यंत आत्मीय, सूक्ष्म और मार्मिक चित्रण देखने को मिलता है। इस संदर्भ में यह तथ्य भी उल्लेखनीय है कि बाद के संस्करण में राकेश ने इसकी कहानियों में यत्र-तत्र संपादन करके अभिधात्मक अभिव्यक्तियों को या तो हटा दिया या फिर उन्हें व्यंजनात्मक या सांकेतिक बनाने का कलात्मक प्रयास भी किया। संग्रह का नाम *'इंसान के खँडहर'* से बदलकर केवल *'खँडहर'* कर दिया गया। 'सीमाएँ' का वह अंश जिसमें शादी में जाते समय उमा महसूस करती है कि वह, 'सीमाओं से आगे जा रही है। सीमाएँ जो उसकी हैं और स्वाभाविक हैं—माँ, घर, मंदिर, उत्सव' और उसके 'हृदय के अंदर घुटती चेतना' को स्वयं राकेश द्वारा ही हटा दिया गया है। इसी तरह 'उसकी रोटी' का अंतिम अंश भी किंचित संशोधित किया गया है।

राकेश की कथा-यात्रा के दूसरे दौर की शुरुआत 'सौदा' के प्रकाशन से हुई। आरोपित बौद्धिकता, जुमलेबाज़ी और बनावटीपन से मुक्त होकर ही *'नए बादल'* की कहानियाँ लिखी गईं, जिसका प्रकाशन 1957 में हुआ। इस संकलन में से 'मलबे का मालिक', 'उसकी रोटी'

और 'अपरिचित' को चुना गया है, तो 1958 में प्रकाशित संग्रह *'जानवर और जानवर'* में से 'क्लेम', 'आर्द्रा' और 'रोज़गार' जैसी विविध रूप-रंग की सुप्रसिद्ध कथाकृतियों को रखा गया है। ये सभी कहानियाँ व्यक्ति के समाज और परिवेश से जुड़ाव तथा इनके अंदरूनी रिश्तों की कहानियाँ हैं। 1961 में छपे संग्रह *'एक और ज़िंदगी'* में राकेश के कथा-लेखन के तीसरे दौर की कहानियाँ हैं। इनमें संबंधों से उत्पन्न दबावों-तनावों और अकेलेपन के श्राप से ग्रस्त लोगों की पीड़ा का तथा परिवेश और समाज के साथ उनके विडंबनापूर्ण रिश्तों की यंत्रणा का अत्यंत प्रभावशाली चित्रण हुआ है। 'सुहागिनें' और 'गुनाह बेलज़्ज़त' इसी दौर की प्रतिनिधि कहानियाँ हैं। 1966 में प्रकाशित *'फौलाद का आकाश'* की कहानियाँ महानगरों की ज़िंदगी की भयावहता के बीच डरे-सहमे व्यक्ति के संत्रास की रोचक कहानियाँ हैं। यहाँ इनमें से राकेश की आत्मकथात्मक, संवेदनशील, सूक्ष्म और जीवंत कहानी 'एक ठहरा हुआ चाकू' को रखा गया है। आज के समाज में चहुँ ओर फैली प्रत्यक्ष गुंडागर्दी के आतंक के बीच एक सामान्य व्यक्ति की असुरक्षा, निरीहता और अंतर्विरोधी जटिल मानसिकता का जैसा सच्चा, प्रामाणिक एवं त्रासदायक चित्रण इस कहानी में हुआ है, वह समकालीन हिंदी कथा-साहित्य की एक महत्त्वपूर्ण उपलब्धि है।

मैं आशा करता हूँ कि लेखन-प्रकाशन की दृष्टि से काल-क्रम में संयोजित मोहन राकेश की केवल दस कहानियों का यह नया संकलन न केवल लेखक के संवेदन-अनुभव एवं शिल्प-कौशल के रचनात्मक क्रमिक विकास को ही रेखांकित करेगा बल्कि उसके व्यापक कथा-व्यक्तित्व का संपूर्ण एवं समग्र प्रतिनिधित्व भी करेगा। इस संकलन के लिए कहानियों का चुनाव करने और भूमिका लिखने के गंभीर दायित्व के लिए अनीता जी द्वारा मुझ पर किए गए भरोसे और राकेश के गहरे दोस्त तथा मेरे मित्र श्री सत्येंद्र शरत् द्वारा दिए गए बौद्धिक सहयोग के प्रति आभारी हूँ।

—जयदेव तनेजा

क्रम

सीमाएँ

इतना बड़ा घर था, खाने-पहनने और हर तरह की सुविधा थी, फिर भी उमा के जीवन में बहुत बड़ा अभाव था जिसे कोई चीज़ नहीं भर सकती थी।

उसे लगता था, वह देखने में सुंदर नहीं है। वह जब भी शीशे के सामने खड़ी होती तो उसके मन में झुंझलाहट भर आती। उसका मन होता कि उसकी नाक लंबी हो, गाल ज़रा हलके हों, ठोड़ी आगे की ओर निकली हो और आँखें थोड़ा और बड़ी हों। परंतु अब यह परिवर्तन कैसे होता ? उसे लगता कि उसके प्राण एक गलत शरीर में फँस गए हैं, जिससे निस्तार का कोई चारा नहीं, और वह खीझकर शीशे के सामने से हट जाती।

उसकी माँ हर रोज़ गीता का पाठ करती थी। वह बैठकर गीता सुना करती थी : कभी माँ कथा सुनने जाती तो वह साथ चली जाती थी। रोज़-रोज़ पंडित की एक ही तरह की कथा होती थी—'नाना प्रकार कर-करके नारद जी कहते भए हे राजन्'' पंडित जो कुछ सुनाता था, उसमें उसकी ज़रा भी रुचि नहीं रहती थी। उसकी माँ कथा सुनते-सुनते ऊँघने लगती थी। वह दरी पर बिखरे हुए फूलों को हाथों में लेकर मसलती रहती थी।

घर में माँ ने ठाकुरजी की मूर्ति रखी थी, जिसकी दोनों समय आरती होती थी। उसके पिता रात को रोटी खाने के बाद 'चौरासी वैष्णवों की वार्ता' में से कोई वार्ता सुनाया करते थे। वार्ता के अतिरिक्त जो चर्चा होती, उसमें सतियों के चरित्र और दाल-आटे का हिसाब, निराकार की महिमा और सोने-चाँदी के भाव, सभी तरह के विषय आ जाते। वह पिता द्वारा दी गई जानकारी पर कई बार आश्चर्य प्रकट करती, पर उस आश्चर्य में उत्साह नहीं होता।

उसे मिडिल पास किए चार साल हो गए थे। तब से अब तक वह उस संधिकाल में से गुज़र रही थी जब सिवा विवाह की प्रतीक्षा करने के जीवन का और कोई ध्येय नहीं होता। माता-पिता जिस दिन भी विवाह कर दें, उस दिन उसे पत्नी बनकर दूसरे घर में चली जाना था। यह महीने-दो महीने में भी संभव हो सकता था, और दो-तीन साल और भी प्रतीक्षा में निकल जा सकते थे।

उमा कुछ कर नहीं रही थी, फिर भी अपने में व्यस्त थी। बैठी थी, लेट गई। फिर उठकर कमरे में टहलने लगी। फिर खिड़की के पास खड़ी होकर गली की ओर देखने लगी और काफी देर तक देखती रही।

सवेरे रक्षा उसे सरला के ब्याह का बुलावा दे गई थी। वह कह गई थी कि वह साढ़े पाँच बजे तैयार रहे, वह उसे आकर ले जाएगी। पहले रक्षा ने उसे बताया था कि सरला का किसी लड़के से प्रेम चल रहा है, जो उसे चिट्ठियों में कविता लिखकर भेजता है और जलती दोपहर में कॉलेज के गेट के पास उसकी प्रतीक्षा में खड़ा रहता है। आज वह प्रेम फलीभूत होने जा रहा था।

प्रेम···यह शब्द उसे गुदगुदा देता था। राधा और कृष्ण के प्रेम की चर्चा तो रोज़ ही घर में हुआ करती थी। परंतु उस दिव्य और अलौकिक प्रेम के बखान से वह विभोर नहीं होती थी। परंतु यह प्रेम···उसकी सहेली का किसी लड़के से प्रेम···यह और चीज़ थी। इस प्रेम की चर्चा होने पर मलमल के जामे-सा हलका आवरण स्नायुओं को छू लेता था।

"उम्मी !" माँ खिड़की में उसके पास आकर खड़ी हो गई।

उमा ने ज़रा चौंककर माँ की ओर देखा।

"तुझे अभी तैयार नहीं होना ?" माँ ने पूछा।

"अभी तैयार हो जाऊँगी, ऐसी क्या जल्दी है ?" और उमा की आँखें गली की ओर ही लगी रहीं।

"जाना है तो अब कपड़े-अपड़े बदल ले," माँ ने कहा, "बता, साड़ी निकाल दूँ कि सूट ?"

"जो चाहे निकाल दो···" उमा अन्यमनस्क भाव से बोली।

"तेरी अपनी कोई मर्ज़ी नहीं ?"

"उसमें मर्ज़ी का क्या है ? जो निकाल दोगी, पहन लूँगी।"

उसे अपने शरीर पर साड़ी और सूट दोनों में से कोई चीज़ अच्छी नहीं लगती थी। कीमती से कीमती कपड़े उसके अंगों को छूकर जैसे मुरझा जाते थे। रक्षा सवेरे साधारण खादी के कपड़े पहनकर आई थी, फिर भी बहुत सुंदर लग रही थी। उमा खिड़की से हटकर शीशे के सामने चली गई। मन में फिर वही झुँझलाहट उठी। आज वह इतने लोगों के बीच जाकर कैसी लगेगी ? माँ ने सुबह मना कर दिया होता तो कितना अच्छा था ? अब भी यदि वह रक्षा से ज्वर या सिरदर्द का बहाना कर दे···?

वह अपने मन की दुर्बलता को तरह-तरह से सहारा दे रही थी। कभी चाहती

कि रक्षा उसे लेने आना ही भूल जाए। कभी सोचती कि शायद यह सपना ही हो और आँख खुलने पर उसे लगे कि वह यूँ ही डर रही थी। मगर सपना होता तो कहीं से टूटता या बदलता। सुबह से अब तक इतना एकतार सपना कैसे हो सकता था ?

माँ ने सफेद साटिन का सूट लाकर उसके हाथ में दे दिया। उमा ने उसे शरीर से लगाकर देखा। उसे अच्छा नहीं लगा। मगर उसका नया सूट वही था। उसने सोचा कि एक बार पहनकर देख ले, पहनने में क्या हर्ज़ है ?

सूट की फिटिंग बिलकुल ठीक थी। उसे लगा कि उससे उसके अंगों का भद्दापन और व्यक्त हो आया है। यदि उसकी कमर कुछ पतली और नीचे का हिस्सा ज़रा भारी होता तो ठीक था। यदि उसकी होश में ही उसका पुनर्जन्म हो जाए और उसे रक्षा जैसा शरीर मिले, तो वह इस सूट में कितनी अच्छी लगे ?

माँ वह लकड़ी का डिब्बा ले आई जो कभी उसकी फूफी ने उपहार में दिया था। उसमें पाउडर, क्रीम, लिपस्टिक और नेलपॉलिश, कितनी ही चीज़ें थीं। उसने उन्हें कई बार सूँघा तो था, पर अपने शरीर पर उनके प्रयोग की कल्पना नहीं की थी। उसने माँ की ओर देखा। माँ मुसकरा रही थी।

"यह किसके लिए लाई हो ?" उमा ने पूछा।

"तेरे लिए और किसके लिए ?" माँ बोली, "ब्याह वाले घर नहीं जाएगी ?"

"तो उसके लिए इस सबकी क्या ज़रूरत है ?"

"वैसे जाना लोगों को बुरा लगेगा। घड़ी-दो घड़ी की ही तो बात है।"

"लालाजी ने देख लिया तो…?"

"वे देर से घर आएँगे। तू लौटकर साबुन से मुँह धो लेना।"

"परंतु…।"

उसके मन का 'परंतु' नहीं निकला। पर वह मना भी नहीं कर सकी। उसकी इच्छा न हो, ऐसी बात नहीं थी, पर मन में आशंका भी थी। वह उन चीज़ों को अनिश्चित-सी देखती रही। माँ दूसरे कमरे में चली गई।

लिपस्टिक उसने होंठों के पास रखकर देखी। फिर मन हुआ कि हलका-सा रंग चढ़ाकर देख ले। चाहेगी तो पल-भर में तौलिए से पोंछ देगी।

ज्यों-ज्यों होंठों का रंग बदलने लगा, उसके मन की उत्सुकता बढ़ने लगी। तौलिए से होंठ छिपाए हुए वह जाकर खिड़की के किवाड़ बंद कर आई। फिर शीशे के सामने आकर वह तौलिए से होंठों को रगड़ने लगी। उससे रंग कुछ फीका तो हो गया, पर पूरी तरह नहीं उतरा। फिर तौलिया रखकर उसने पाउडर की डिबिया

उठा ली। मन ने प्रेरणा दी कि तौलिया है, पानी है, एक मिनट में चेहरा साफ हो सकता है, और वह पफ से चेहरे पर पाउडर लगाने लगी।

पफ रखकर जब उसने चेहरे को हाथ से मलना आरंभ किया तभी सीढ़ियों पर पैरों की खट्-खट् सुनाई दी। इससे पहले कि वह तौलिए में मुँह छिपा पाती, रक्षा दरवाज़ा खोलकर कमरे में आ गई। उमा के लिए अपना आप भारी हो गया।

"तैयार हो गई, परी रानी ?" रक्षा ने मुसकराकर पूछा।

'परी रानी' शब्द उमा को खटक गया। उसे लगा कि उस शब्द में चुभती हुई चोट है।

"साढ़े पाँच बज गए ?" उसने कुंठित स्वर में पूछा।

"अभी दस-बारह मिनट बाकी हैं।" रक्षा ने कहा।

"मैं समझ रही थी, अभी पाँच भी नहीं बजे," उमा ने किसी तरह मुसकराकर कहा। उसकी आँखें रक्षा के शरीर पर स्थिर हो रही थीं। आसमानी साड़ी के साथ हीरे के टॉप्स और सोने की चूड़ियाँ पहनकर रक्षा बहुत सुंदर लग रही थी।

माँ ने अंदर से पुकारा तो उमा को जैसे वहाँ से हटने का बहाना मिल गया। अंदर गई तो माँ वह मखमली डिबिया लिए खड़ी थी, जिसमें सोने की ज़ंजीर रखी रहती थी। वह ज़ंजीर माँ के ब्याह में आई थी और उमा के ब्याह में दी जाने के लिए संदूक में सँभालकर रखी हुई थी। माँ ने ज़ंजीर उसके गले में पहना दी तो उमा को बहुत अजीब लगने लगा। रक्षा उधर आवाज़ दे रही थी इसलिए वह माँ के साथ बाहर कमरे में आ गई। उसके बाहर आते ही रक्षा ने चलने की जल्दी मचा दी।

जब वह चलने लगी तो माँ ने पीछे से कहा, "रात को मंदिर में उत्सव भी है। हो सके तो आती हुई दर्शन करती आना।"

वह सीढ़ियों से उतरकर रक्षा के साथ गली में चलने लगी।

ब्याह वाले घर में पहुँचकर रक्षा बहुत जल्दी इधर-उधर लोगों में उलझ गई। वह यहाँ से वहाँ जाती, वहाँ से उसके पास और उसके पास से और किसी के पास। उमा सोफे के एक कोने में सिमटकर बैठी रही। जब उसकी रक्षा से आँख मिल जाती तो रक्षा मुसकराकर उसे उत्साहित कर देती। जब रक्षा दूर चली जाती तो उमा बहुत अकेली पड़ने लगती। वह बत्तियों से जगमगाता हुआ घर उसके लिए बहुत पराया था। वहाँ फैली हुई महक अपनी दीवारों की गंध से बहुत भिन्न थी। खामोश अकेलेपन के स्थान पर चारों ओर खिलखिलाता हुआ शोर सुनाई दे रहा था। वह एक प्रवाह था जिसमें निरंतर लहरें उठ रही थीं। पर वह लहरों में लहर

नहीं, एक तिनके की तरह थी—अकेली और एक ओर को हटी हुई।

रक्षा कुछ और लड़कियों को लिए हुए बाहर से आई और उसने उन्हें उसका परिचय दिया, "यह हमारी उमा रानी है, तुम लोगों की तरह चंट नहीं है, बहुत सीधी लड़की है।"

उमा को इस तरह अपना परिचय दिया जाना अच्छा नहीं लगा, फिर भी वह मुसकरा दी। रक्षा दूसरी लड़कियों का परिचय कराने लगी, "यह कांता है, इंटर में पढ़ती है। अभी-अभी इसने कॉलेज के नाटक में जूलिएट का अभिनय किया था, बहुत अच्छा अभिनय रहा।···यह कंचन है, आजकल कला भवन में नृत्य सीख रही है।···और मनोरमा···यह कॉलेज के किसी भी लड़के को मात दे सकती है···

परिचय पाकर उमा अपने को उनसे और भी दूर अनुभव करने लगी। उन सबके पास करने के लिए अपनी बातें थीं। 'वह', 'उस दिन', 'वह बात' आदि संकेतों से वे बरबस हँस देती थीं। उमा के विचार कभी फरश पर अटक जाते, कभी छत से टकराने लगते और कभी सफेद सूट पर आकर सिमट जाते।

रक्षा कांता को एक फोटो दिखा रही थी। और कह रही थी कि इस लड़के से ललिता की शादी हो रही है।

"अच्छी लॉटरी है !" कांता तसवीर हाथ में लेकर बोली, "एक दिन की भी जान-पहचान नहीं, और कल को ये पतिदेव होंगे और ललिता जी 'हमारे वे' कहकर इनकी बात करेंगी—धन्य पतिदेव !"

कांता की बात पर और सबके साथ उमा भी हँस दी। पर वह बेमतलब की हँसी थी, उसे हँसने के लिए आंतरिक गुदगुदी का ज़रा भी अनुभव नहीं हुआ था। उसके स्नायु जैसे जकड़ गए थे। खुलना चाहते थे, लेकिन खुल नहीं पा रहे थे।

बात में से बात निकल रही थी। कभी कोई बात स्पष्ट कही जाती और कभी सांकेतिक भाषा में। सहसा बात बीच में ही छोड़कर रक्षा एक नवयुवक को लक्षित करके बोली, "आइए, भाई साहब ! लाए हैं आप हमारी चीज़ ?"

"भई, माफ कर दो," नवयुवक पास आता हुआ बोला, "तुम्हारी चीज़ मुझसे गुम हो गई।"

"हाँ, गुम हो गई ! साथ आप नहीं गुम हो गए ?" रक्षा धृष्टता के साथ बोली।

"अपना भी क्या पता है ?" नवयुवक ने कहा, "इनसान को गुम होते देर लगती है ?"

नवयुवक लंबा और दुबला-पतला था और देखने में काफी अच्छा लग रहा था। उमा ने एक नज़र देखकर आँखें हटा लीं।

"चलो उधर, सरला बुला रही है।" नवयुवक ने फिर रक्षा से कहा।

"उससे कहो, मैं अभी आती हूँ।" रक्षा बोली।

"चलो भी, अभी आती हूँ।" कहकर उसने रक्षा का हाथ पकड़कर खींचा। रक्षा उसके साथ चली गई। कांता कंचन को बताने लगी कि उस लड़के का नाम मोहन है और वह सरला का चचेरा भाई है। एम०ए० फाइनल में पढ़ रहा है। उमा ने इससे अधिक कुछ सुनने की आशा की। पर कांता वह बात छोड़कर मनो के फीते की प्रशंसा करने लगी।

मनो का फीता बहुत सुंदर था। उसके बालों में सोने का क्लिप और नीले रंग के फूल भी बहुत अच्छे लग रहे थे। उसके ब्लाउज़ का पारदर्शक कपड़ा बिजली के प्रकाश में किरणें छोड़ रहा था। कंचन मनो के कंधे पर झुककर उसके कान में कुछ फुसफुसाने लगी। उमा की आँखें झट दूसरी ओर को हट गईं।

उसके सामने जो दो स्त्रियाँ बैठी थीं, वे उसी की ओर देखकर कोई बात कर रही थीं। उमा को लगा कि वे उसी की बात कर रही हैं—शायद उसके कपड़ों की आलोचना कर रही हैं। उसने बाँहें समेट लीं और हाथ से गले की ज़ंजीर को सहलाने लगी।

"बाहर चल रही हो ?" मनो ने उससे पूछा।

"रक्षा किधर गई है ?" यह पूछकर उमा और संकुचित हो गई।

"बाहर ही गई है, अभी देखकर भेजती हूँ," कहकर मनो कंचन और कांता के साथ उठ खड़ी हुई और वे सब बाहर चली गईं।

उमा फिर बिलकुल अकेली पड़ गई तो उसके मन का बोझ बढ़ने लगा। वहाँ इतने अपरिचित लोगों की उपस्थिति, चहल-पहल और सजावट, सब कुछ उसे बेगाना लग रहा था। यदि सहसा उसे सुनसान अँधेरे जंगल में पहुँचा दिया जाता, जहाँ चारों ओर बिलकुल नीरसता होती तो उसे निश्चय ही अब से अच्छा लगता। परंतु वहाँ उस चुलबुलाहट, छेड़छाड़ और दौड़-धूप में उसकी तबीयत उखड़ रही थी···।

सहसा कमरा कहकहों से गूँज उठा। उमा चौंक गई। कोई ऐसी बात हुई थी, जिस पर सब लोग हँस रहे थे। उसने सोचा कि वह भी हँस दे, परंतु वह चुप रही कि हो सकता है कि उसी के बारे में कोई बात हुई हो···। लेकिन जब हँसी का स्वर बैठ गया तो उसे अपने चुप रहने के लिए खेद हुआ क्योंकि उसकी चुप्पी सबने लक्षित की थी। वह पश्चात्ताप से भर गई।

बाजों का स्वर दूर से पास आ रहा था, इससे लोगों ने अनुमान लगाया कि

बारात आ रही है। कमरे की हलचल बढ़ गई। उमा को उस समय बहुत ही व्यर्थ-सा प्रतीत होने लगा था। उसके कानों में बाजे का स्वर गूँज रहा था और आसपास कुछ वाक्यों के टुकड़े मँडरा रहे थे।

—आओ बाहर।

—माधवी, ओ माधवी !

—हाय, मेरा लाल रूमाल !

—रोती है तो रोने दे।

—नीना रानी, ले बिस्कुट।

—मौली मिल गई, पंडित जी ?

—देख, पीछे कितने लोग हैं ?

—रूई, फूल, धूप, मेवा।

—मोहनलाल ! मोहनलाल !

—देखा, कैसा है ?

—कुछ लंबा लगता है।

—आ मिट्ठू, आ बेटा।

—जान ले ले तू बाबूजी की !

एक-एक करके सब लोग कमरे से बाहर चले गए। कुछ अपने आप आग्रह से चले गए और कुछ को दूसरे आकर अनुरोध के साथ ले गए। केवल उमा अपने अकेलेपन में घिरी हुई वहाँ बैठी रह गई।

पहले क्षण तो उसे अकेली रह जाने में अच्छा लगा। दूसरे क्षण उपेक्षित होने की टीस का अनुभव हुआ। फिर आत्मीयता दीप्त हुई कि उसे भी बाहर जाना चाहिए। परंतु अगले क्षण वह इस अनुभूति से मुरझा गई कि बाहर जाकर भी वह अकेली होगी…उस भीड़ में उसके होने न होने से कोई अंतर नहीं पड़ता।

बैंड का स्वर बहुत पास आ गया था और बाहर कोलाहल बढ़ रहा था। अंदर उमा के लिए समय के क्षण लंबे होते जा रहे थे और उसके हृदय की धड़कन मद्धम पड़ रही थी। तभी अचानक रक्षा बाहर से वहाँ आ गई।

"क्यों रानी, रूठ गई है क्या ?" रक्षा ने आते ही पूछा।

"नहीं, मैं…" उमा ने सिरदर्द का बहाना करना चाहा, लेकिन उसकी बात पूरी होने से पहले ही रक्षा ने उसका हाथ पकड़कर उठा दिया।

"बाहर चल, यहाँ क्यों बैठी है ?" वह बोली, "बाहर अभी हम लोग दूल्हा के साथ एक तमाशा करने जा रही हैं।"

और कुछ कह सकने से पहले ही उमा बाहर भीड़ में पहुँच गई। यहाँ कंचन, मनो और कांता मिल गईं। वे सब उसे साथ सरला के कमरे में ले गईं। सरला दुल्हिन के वेश में बिलकुल और ही लग रही थी। फूलदार जारजेट की साड़ी के साथ मोतियों के गहने उसकी गुलाब-सी त्वचा पर बहुत खिल रहे थे। सरला उसकी ओर देखकर मुसकराई तो वह उसके होंठों की सलवटें देखती रह गई। सरला ने साथ कुछ शब्द भी कहे, परंतु वे शब्द कोलाहल में उसे सुनाई नहीं दिए। वह उत्तर में यूँ ही मुसकरा दी हालाँकि अपनी वह व्यर्थ की मुसकराहट उसके हृदय में चुभ-सी गई···

दो घंटे बाद जब रक्षा उसे उसके घर की गली के बाहर छोड़कर आगे चली गई तब भी उमा के हृदय में वह चुभता हुआ अनुभव उसी तरह था, जैसे कोई काँटा अंदर टूटकर रह गया हो। वह अपनी स्थिति का निर्णय नहीं कर पा रही थी। एक तरफ जैसे रक्षा, सरला, कांता, कंचन और मनोरमा खिलखिलाकर हँस रही थीं। दूसरी तरफ वे दीवारें थीं, जिनमें सटी हुई खिड़की के पास सवेरे धूप आती थी और दोपहर ढलते ही अँधेरा होने लगता था और जिनके साए में पूर्णिमा और एकादशी के व्रत रखने होते थे। वह जैसे दोनों ओर से दब रही थी और टूट रही थी।

गली में आकर उसने मंदिर की घंटियाँ सुनीं तो उसे माँ की बात याद हो आई कि आज मंदिर में उत्सव है। उसके पैर अनायास मंदिर की सीढ़ियों की ओर बढ़ गए। वह अंदर पहुँचकर स्त्रियों की पंक्ति में हाथ बाँधकर खड़ी हो गई।

आरती समाप्त होने पर स्तोत्र पाठ आरंभ हुआ। उमा भी आँखें मूँदकर लय में शब्दों का अनुकरण करने लगी, जय सीतावर वर सुंदर, जय जग सुखदाता। जय-जय जग सुखदाता···

परंतु मूँदी हुई आँखों के आगे रक्षा का खिलखिलाता हुआ चेहरा आ गया, फिर मोहन की बड़ी-बड़ी आँखें, और फिर एक के बाद एक कितनी ही आकृतियाँ सामने आने लगीं, व्यंग्यपूर्ण मुसकराहटें, उपेक्षा-भरी भौंहें, सोफे का खाली कोना, ज़ोर-ज़ोर से बजता हुआ बाजा···। उसने अपने आपको झटका दिया···। दीनबंधु करुणामय, सब जग के त्राता !···फिर हिलता हुआ पर्दा, पर्दे के पीछे बिजलियाँ, बिजलियों के प्रकाश में रक्षा, मोहन, सरला और दूल्हा के खिलखिलाते हुए चेहरे।

उमा ने आँखें खोल लीं। स्तोत्र का स्वर चारों ओर गूँज रहा था। बरसों से वह इस स्वर को सुनती आई थी, लेकिन फिर भी आज उसे यह स्वर कुछ अपरिचित-सा लग रहा था। जैसे उसके अंतर की गहराई में कहीं कुछ थोड़ा बदल

गया था।

सहसा उसकी आँखें एक जगह टकराकर लौट आईं। भीड़ में एक नवयुवक उसकी ओर देख रहा था।

उमा के शरीर में लहू का दबाव बढ़ गया। हृदय की गति बहुत तेज़ हो गई। उसकी आँखें केले के खंभों पर से हटकर सजी हुई सामग्री पर से फिसलती हुई फिर वहीं टकराईं। वह अब भी उसी तरह देख रहा था।

उमा के लिए पैरों का संतुलन बनाए रखना कठिन हो गया था। उसकी नज़र ठाकुरजी की मूर्ति पर पड़ी और जल्दी से हट गई। उसके पास से कुछ लोग चलने लगे तो वह भी साथ चल दी। पुजारी से चरणामृत लेकर वह ड्योढ़ी की ओर बढ़ी। सहसा भीड़ में किसी का हाथ उससे छुआ। उमा ने घूमकर देखा। वही दो आँखें थीं···काली डोरेदार आँखें।

स्तोत्र का स्वर मशीन के घर-घर स्वर जैसा हो गया। आसपास की भीड़, पत्थर की गोपियाँ, मिट्टी के आम व कपड़े के तोते, हर चीज़ धुँधली होने लगी। आकाश बोझिल हो गया और धरती समतल नहीं रही। दिशाएँ एक-दूसरी में मिलकर ओझल होने लगीं। प्रकाश रंग बदलने लगा। वह भीड़ में कुछ यूँ हो गई जैसे रुके हुए पानी में अस्त-व्यस्त हाथ-पैर मार रही हो। केवल एक ज्ञान था कि एक हाथ उसे छू रहा है। यहाँ बाजू के पास, यहाँ कंधे के पास, यहाँ···।

वह बाहर से आती हुई दो स्त्रियों के साथ उलझ गई। किसी तरह सँभलकर जब वह बाहर पहुँची तो उसे हवा का स्पर्श कुछ विचित्र-सा लगा। लहू जो तेज़ी के साथ नाड़ियों में सरसरा रहा था, वह अब कुछ ठंडा पड़ने लगा तो शरीर में सिहरन भर गई। उसके कंधे के पास उस हाथ का स्पर्श जैसे अभी तक सजीव था।

उसका मन हुआ कि वह जल्दी से घर पहुँच जाए और एक बार खिलखिलाकर हँस दे। वे असाधारण क्षण बिलकुल नई-सी अनुभूति छोड़ गए थे। यदि रक्षा उस समय उसके पास होती तो वह हँसती हुई उसके गले में बाँहें डाल देती और उसे घसीटती हुई अपने साथ घर ले जाती।

उस स्पर्श को एक बार छू लेने के लिए उमा का हाथ अपने कंधे के उसी भाग की ओर उठ गया। वह स्पर्श जैसे वहाँ अपनी निश्चित छाप छोड़ गया था।

अचानक उसका पैर लड़खड़ा गया और वह रुक गई। उसका शरीर पसीने से भीग गया। अँधेरे में गहरे-गहरे रंग फैल गए।

उस स्पर्श का आभास तो वहाँ था, पर सोने की ज़ंजीर गले में नहीं थी। ●

मलबे का मालिक

साढ़े सात साल के बाद वे लोग लाहौर से अमृतसर आए थे। हॉकी का मैच देखने का तो बहाना ही था, उन्हें ज़्यादा चाव उन घरों और बाज़ारों को फिर से देखने का था जो साढ़े सात साल पहले उनके लिए पराए हो गए थे। हर सड़क पर मुसलमानों की कोई न कोई टोली घूमती नज़र आ जाती थी। उनकी आँखें इस आग्रह के साथ वहाँ की हर चीज़ को देख रही थीं जैसे वह शहर साधारण शहर न होकर एक अच्छा-खासा आकर्षण-केंद्र हो।

तंग बाज़ारों में से गुज़रते हुए वे एक-दूसरे को पुरानी चीज़ों की याद दिला रहे थे···देख–फतहदीना, मिसरी बाज़ार में अब मिसरी की दुकान पहले से कितनी कम रह गई हैं ! उस नुक्कड़ पर सुक्खी भठियारिन की भट्ठी थी, जहाँ अब वह पान वाला बैठा है।···यह नमक मंडी देख लो, खान साहब ! यहाँ की एक-एक लालाइन वह नमकीन होती है कि बस···!

बहुत दिनों के बाद बाज़ारों में तुर्रेदार पगड़ियाँ और लाल तुरकी टोपियाँ नज़र आ रही थीं। लाहौर से आए मुसलमानों में काफी संख्या ऐसे लोगों की थी, जिन्हें विभाजन के समय मजबूर होकर अमृतसर से जाना पड़ा था। साढ़े सात साल में आए अनिवार्य परिवर्तनों को देखकर कहीं उनकी आँखों में हैरानी भर जाती और कहीं अफसोस घिर आता–वल्लाह ! कटरा जयमलसिंह इतना चौड़ा कैसे हो गया ? क्या इस तरफ के सबके सब मकान जल गए थे ?···यहाँ हकीम आसिफअली की दुकान थी न ? अब यहाँ एक मोची ने कब्ज़ा कर रखा है ?

और कहीं-कहीं ऐसे भी वाक्य सुनाई दे जाते–वली, यह मस्जिद ज्यों की त्यों खड़ी है ? इन लोगों ने इसका गुरुद्वारा नहीं बना दिया !

जिस रास्ते से भी पाकिस्तानियों की टोली गुज़रती, शहर के लोग उत्सुकतापूर्वक उस तरफ देखते रहते। कुछ लोग अब भी मुसलमानों को आते देखकर आशंकित-से रास्ते से हट जाते, जबकि दूसरे आगे बढ़कर उनसे बगलगीर होने लगते। ज़्यादातर वे आगंतुकों से ऐसे-ऐसे सवाल पूछते–कि आजकल लाहौर का क्या हाल है ? अनारकली में अब पहले जितनी रौनक होती है या नहीं ? सुना है, शाहालमीगेट

का बाज़ार पूरा नया बना है ? कृष्णनगर में तो कोई खास तबदीली नहीं आई ? वहाँ का रिश्वतपुरा क्या वाकई रिश्वत के पैसे से बना है ?...कहते हैं, पाकिस्तान में अब बुर्का बिलकुल उड़ गया है, यह ठीक है ?...इन सवालों में इतनी आत्मीयता झलकती थी कि लगता था, लाहौर एक शहर नहीं, हज़ारों लोगों का सगा-संबंधी है, जिसके हाल जानने के लिए वे उत्सुक हैं। लाहौर से आए लोग उस दिन शहर-भर के मेहमान थे, जिनसे मिलकर और बातें करके लोगों को बहुत खुशी हो रही थी।

बाज़ार बाँसाँ अमृतसर का एक उजड़ा-सा बाज़ार है, जहाँ विभाजन से पहले ज़्यादातर निचले तबके के मुसलमान रहते थे। वहाँ ज़्यादातर बाँसों और शहतीरों की ही दुकानें थीं, जो सबकी सब एक ही आग में जल गई थीं। बाज़ार की वह आग अमृतसर की सबसे भयानक आग थी, जिससे कुछ देर के लिए तो सारे शहर के जल जाने का अंदेशा पैदा हो गया था। बाज़ार बाँसाँ के आसपास के कई मुहल्लों को तो उस आग ने अपनी चपेट में ले ही लिया था। खैर, किसी तरह वह आग काबू में आ गई थी, पर उसमें मुसलमानों के एक-एक घर के साथ हिंदुओं के भी चार-चार, छह-छह घर जलकर राख हो गए थे। अब साढ़े सात साल में उनमें से कई इमारतें फिर से खड़ी हो गई थीं, मगर जगह-जगह मलबे के ढेर अब भी मौजूद थे। नई इमारतों के बीच-बीच वे मलबे के ढेर एक अजीब वातावरण प्रस्तुत करते थे।

बाज़ार बाँसाँ में उस दिन भी चहल-पहल नहीं थी क्योंकि उस बाज़ार के रहने वाले ज़्यादातर लोग तो अपने मकानों के साथ ही शहीद हो गए थे, और जो बचकर चले गए थे, उनमें से शायद किसी में भी लौटकर आने की हिम्मत नहीं रही थी। सिर्फ एक दुबला-पतला बुड्ढा मुसलमान ही उस दिन उस वीरान बाज़ार में आया और वहाँ की नई और जली हुई इमारतों को देखकर जैसे भूलभुलैया में पड़ गया। बाईं तरफ जाने वाली गली के पास पहुँचकर उसके पैर अंदर मुड़ने को हुए, मगर फिर वह हिचकिचाकर वहाँ बाहर ही खड़ा रह गया। जैसे उसे विश्वास नहीं हुआ कि यह वही गली है, जिसमें वह जाना चाहता है। गली में एक तरफ कुछ बच्चे कीड़ी-कीड़ा खेल रहे थे और कुछ फासले पर दो स्त्रियाँ ऊँची आवाज़ में चीखती हुई एक-दूसरी को गालियाँ दे रही थीं।

"सब कुछ बदल गया, मगर बोलियाँ नहीं बदलीं !" बुड्ढे मुसलमान ने धीमे स्वर में अपने से कहा और छड़ी का सहारा लिए खड़ा रहा। उसके घुटने पाजामे से बाहर निकल रहे थे। घुटनों से थोड़ा ऊपर शेरवानी में तीन-चार पैवंद लगे थे।

गली से एक बच्चा रोता हुआ बाहर आ रहा था। उसने उसे पुचकारा, "इधर आ, बेटे ! आ, तुझे चिज्जी देंगे, आ !" और वह अपनी जेब में हाथ डालकर उसे देने के लिए कोई चीज़ ढूँढ़ने लगा। बच्चा एक क्षण के लिए चुप कर गया, लेकिन फिर उसी तरह होंठ बिसूरकर रोने लगा। एक सोलह-सत्रह साल की लड़की गली के अंदर से दौड़ती हुई आई और बच्चे को बाँह से पकड़कर गली में ले चली। बच्चा रोने के साथ-साथ अब अपनी बाँह छुड़ाने के लिए मचलने लगा। लड़की ने उसे अपनी बाँहों में उठाकर साथ सटा लिया और उसका मुँह चूमती हुई बोली, "चुप कर, खसम-खाने ! रोएगा, तो वह मुसलमान तुझे पकड़कर ले जाएगा ! कह रही हूँ, चुप कर !"

बुड्ढे मुसलमान ने बच्चे को देने के लिए जो पैसा निकाला था, वह उसने वापस जेब में रख लिया। सिर से टोपी उतारकर वहाँ थोड़ा खुजलाया और टोपी अपनी बगल में दबा ली। उसका गला खुश्क हो रहा था और घुटने थोड़ा काँप रहे थे। उसने गली के बाहर की एक बंद दुकान के तख्ते का सहारा ले लिया और टोपी फिर से सिर पर लगा ली। गली के सामने जहाँ पहले ऊँचे-ऊँचे शहतीर रखे रहते थे, वहाँ अब एक तिमंज़िला मकान खड़ा था। सामने बिजली के तार पर दो मोटी-मोटी चीलें बिलकुल जड़-सी बैठी थीं। बिजली के खंभे के पास थोड़ी धूप थी। वह कई पल धूप में उड़ते ज़र्रों को देखता रहा। फिर उसके मुँह से निकला, "या मालिक !"

एक नवयुवक चाबियों का गुच्छा घुमाता गली की तरफ आया। बुड्ढे को वहाँ खड़े देखकर उसने पूछा, "कहिए मियाँजी, यहाँ किसलिए खड़े हैं ?"

बुड्ढे मुसलमान को छाती और बाँहों में हलकी-सी कँपकँपी महसूस हुई । उसने होंठों पर ज़बान फेरी और नवयुवक को ध्यान से देखते हुए कहा, "बेटे, तेरा नाम मनोरी है न ?"

नवयुवक ने चाबियों के गुच्छे को हिलाना बंद करके अपनी मुट्ठी में ले लिया और कुछ आश्चर्य के साथ पूछा, "आपको मेरा नाम कैसे मालूम ?"

"साढ़े सात साल पहले तू इतना-सा था," कहकर बुड्ढे ने मुसकराने की कोशिश की।

"आप आज पाकिस्तान से आए हैं ?"

"हाँ ! पहले हम इसी गली में रहते थे," बुड्ढे ने कहा। "मेरा लड़का चिरागदीन तुम लोगों का दर्ज़ी था। तकसीम से छह महीने पहले हम लोगों ने यहाँ अपना नया मकान बनवाया था।"

"ओ, गनी मियाँ !" मनोरी ने पहचानकर कहा।

"हाँ, बेटे, मैं तुम लोगों का गनी मियाँ हूँ ! चिराग और उसके बीवी-बच्चे तो अब मुझे मिल नहीं सकते, मगर मैंने सोचा कि एक बार मकान की ही सूरत देख लूँ !" बुड्ढे ने टोपी उतारकर सिर पर हाथ फेरा, और अपने आँसुओं को बहने से रोक लिया।

"तुम तो शायद काफी पहले यहाँ से चले गए थे !" मनोरी के स्वर में संवेदना भर आई।

"हाँ, बेटे, यह मेरी बदबख्ती थी कि मैं अकेला पहले निकलकर चला गया था। यहाँ रहता, तो उसके साथ मैं भी···" कहते हुए उसे एहसास हो आया कि यह बात उसे नहीं कहनी चाहिए। उसने बात को मुँह में रोक लिया, पर आँखों में आए आँसुओं को नीचे बह जाने दिया।

"छोड़ो, गनी मियाँ, अब उन बातों को सोचने में क्या रखा है ?" मनोरी ने गनी की बाँह अपने हाथ में ले ली। "चलो, तुम्हें तुम्हारा घर दिखा दूँ।"

गली में खबर इस तरह फैली थी कि गली के बाहर एक मुसलमान खड़ा है जो रामदासी के लड़के को उठाने जा रहा था···उसकी बहन वक्त पर उसे पकड़ लाई, नहीं तो वह मुसलमान उसे ले गया होता। यह खबर मिलते ही जो स्त्रियाँ गली में पीढ़े बिछाकर बैठी थीं, वे पीढ़े उठाकर घरों के अंदर चली गईं। गली में खेलते बच्चों को भी उन्होंने पुकार-पुकारकर घरों के अंदर बुला लिया। मनोरी गनी को लेकर गली में दाखिल हुआ, तो गली में सिर्फ एक फेरी वाला रह गया था, या रक्खा पहलवान जो कुएँ पर उगे पीपल के नीचे बिखरकर सोया था। हाँ, घरों की खिड़कियों में से और किवाड़ों के पीछे से कई चेहरे गली में झाँक रहे थे। मनोरी के साथ गनी को आते देखकर उनमें हलकी चेहमेगोइयाँ शुरू हो गईं। दाढ़ी के सब बाल सफेद हो जाने के बावजूद चिरागदीन के बाप अब्दुल गनी को पहचानने में लोगों को दिक्कत नहीं हुई।

"वह था तुम्हारा मकान।" मनोरी ने दूर से एक मलबे की तरफ इशारा किया। गनी पल-भर ठिठककर फटी-फटी आँखों से उस तरफ देखता रहा। चिराग और उसके बीवी-बच्चे की मौत को वह काफी पहले स्वीकार कर चुका था। मगर अपने नए मकान को इस शक्ल में देखकर उसे जो झुरझुरी हुई, उसके लिए वह तैयार नहीं था। उसकी ज़बान पहले से और खुश्क हो गई और घुटने भी ज़्यादा काँपने लगे।

"यह मलबा ?" उसने अविश्वास के साथ पूछ लिया।

मनोरी ने उसके चेहरे के बदले हुए रंग को देखा। उसकी बाँह को थोड़ा और सहारा देकर जड़-से स्वर में उत्तर दिया, "तुम्हारा मकान उन्हीं दिनों जल गया था।"

गनी छड़ी के सहारे चलता हुआ किसी तरह मलबे के पास पहुँच गया। मलबे में अब मिट्टी ही मिट्टी थी, जिसमें से जहाँ-तहाँ टूटी और जली हुई ईंटें बाहर झाँक रही थीं। लोहे और लकड़ी का सामान उसमें से कब का निकाला जा चुका था। केवल एक जले हुए दरवाज़े का चौखट न जाने कैसे बचा रह गया था। पीछे की तरफ दो जली हुई अलमारियाँ थी, जिनकी कालिख पर अब सफेदी की हलकी-हलकी तह उभर आई थी। उस मलबे को पास से देखकर गनी ने कहा, "यह बाकी रह गया है, यह ?" और उसके घुटने जैसे जवाब दे गए और वह वहीं जले हुए चौखट को पकड़कर बैठ गया। क्षण-भर बाद उसका सिर भी चौखट से जा सटा और उसके मुँह से बिलखने की-सी आवाज़ निकली, "हाय ! ओए, चिरागदीना !"

जले हुए किवाड़ का वह चौखट मलबे में से सिर निकाले साढ़े सात साल खड़ा तो रहा था, पर उसकी लकड़ी बुरी तरह भुरभुरा गई थी। गनी के सिर के छूने से उसके कई रेशे झड़कर आसपास बिखर गए। कुछ रेशे गनी की टोपी और बालों पर आ रहे। उन रेशों के साथ एक केंचुआ भी नीचे गिरा जो गनी के पैर से छह-आठ इंच दूर नाली के साथ-साथ बनी ईंटों की पटरी पर इधर-उधर सरसराने लगा। वह छिपने के लिए सूराख ढूँढ़ता हुआ ज़रा-सा सिर उठाता, पर कोई जगह न पाकर दो-एक बार सिर पटकने के बाद दूसरी तरफ मुड़ जाता।

खिड़कियों से झाँकने वाले चेहरों की संख्या अब पहले से कहीं ज़्यादा हो गई थी। उनमें चेहमेगोइयाँ चल रही थीं कि आज कुछ न कुछ ज़रूर होगा…चिरागदीन का बाप गनी आ गया है, इसलिए साढ़े सात साल पहले की वह सारी घटना आज अपने आप खुल जाएगी। लोगों को लग रहा था, जैसे वह मलबा ही गनी को सारी कहानी सुना देगा—कि शाम के वक्त चिराग ऊपर के कमरे में खाना खा रहा था जब रक्खे पहलवान ने उसे नीचे बुलाया—कहा कि वह एक मिनट आकर उसकी बात सुन ले। पहलवान उन दिनों गली का बादशाह था। वहाँ के हिंदुओं पर ही उसका काफी दबदबा था—चिराग तो खैर मुसलमान था। चिराग हाथ का कौर बीच में ही छोड़कर नीचे उतर आया। उसकी बीवी जुबैदा और दोनों लड़कियाँ, किश्वर और सुलताना, खिड़कियों से नीचे झाँकने लगीं। चिराग ने ड्योढ़ी से बाहर कदम रखा ही था कि पहलवान ने उसे कमीज़ के कॉलर से पकड़कर अपनी तरफ खींच लिया और गली में गिराकर उसकी छाती पर चढ़ बैठा। चिराग उसका छुरे

वाला हाथ पकड़कर चिल्लाया, "रक्खे पहलवान, मुझे मत मार ! हाय, कोई मुझे बचाओ !" ऊपर से जुबैदा, किश्वर और सुलताना भी हताश स्वर में चिल्लाईं और चीखती हुई नीचे ड्योढ़ी की तरफ दौड़ी। रक्खे के एक शागिर्द ने चिराग की जद्दोजेहद करती बाँहें पकड़ लीं और रक्खा उसकी जाँघों को अपने घुटनों से दबाए हुए बोला, "चीखता क्यों है, भैण के...तुझे मैं पाकिस्तान दे रहा हूँ, ले पाकिस्तान !" और जब तक जुबैदा, किश्वर और सुलताना नीचे पहुँचीं, चिराग को पाकिस्तान मिल चुका था।

आसपास के घरों की खिड़कियाँ तक बंद हो गई थीं। जो लोग इस दृश्य के साक्षी थे, उन्होंने दरवाज़े बंद करके अपने को इस घटना के उत्तरदायित्व से मुक्त कर लिया था। बंद किवाड़ों में भी उन्हें देर तक जुबैदा, किश्वर और सुलताना के चीखने की आवाज़ें सुनाई देती रहीं। रक्खे पहलवान और उसके साथियों ने उन्हें भी उसी रात पाकिस्तान दे दिया, मगर दूसरे तबील रास्ते से। उनकी लाशें चिराग के घर में न मिलकर बाद में नहर के पानी में पाई गईं।

दो दिन चिराग के घर की छानबीन होती रही थी। जब उसका सारा सामान लूटा जा चुका, तो न जाने किसने उस घर को आग लगा दी थी। रक्खे पहलवान ने तब कसम खाई थी कि वह आग लगाने वाले को ज़िंदा ज़मीन में गाड़ देगा क्योंकि उस मकान पर नज़र रखकर ही उसने चिराग को मारने का निश्चय किया था। उसने उस मकान को शुद्ध करने के लिए हवन-सामग्री भी ला रखी थी। मगर आग लगाने वाले का तब से आज तक पता नहीं चल सका था। अब साढ़े सात साल से रक्खा उस मलबे को अपनी जायदाद समझता आ रहा था, जहाँ न वह किसी को गाय-भैंस बाँधने देता था और न ही खुमचा लगाने देता था। उस मलबे से बिना उसकी इजाजत के कोई एक ईंट भी नहीं निकाल सकता था।

लोग आशा कर रहे थे कि यह सारी कहानी ज़रूर किसी न किसी तरह गनी तक पहुँच जाएगी...जैसे मलबे को देखकर ही उसे सारी घटना का पता चल जाएगा। और गनी मलबे की मिट्टी को नाखूनों से खोद-खोदकर अपने ऊपर डाल रहा था और दरवाज़े के चौखट को बाँह में लिए हुए रो रहा था, "बोल, चिरागदीना, बोल ! तू कहाँ चला गया, ओए ? ओ किश्वर ! ओ सुलताना ! हाय, मेरे बच्चे ओएऽऽ ! गनी को पीछे क्यों छोड़ दिया, ओएऽऽ !"

और भुरभुरे किवाड़ से लकड़ी के रेशे झड़ते जा रहे थे।

पीपल के नीचे सोए रक्खे पहलवान को जाने किसी ने जगा दिया, या वह खुद ही जाग गया। यह जानकर कि पाकिस्तान से अब्दुल गनी आया है और अपने

मकान के मलबे पर बैठा है, उसके गले में थोड़ा झाग उठ आया, जिससे उसे खाँसी आ गई और उसने कुएँ के फर्श पर थूक दिया। मलबे की तरफ देखकर उसकी छाती से धौंकनी की-सी आवाज़ निकली और उसका निचला होंठ थोड़ा बाहर को फैल आया।

"गनी अपने मलबे पर बैठा है।" उसके शागिर्द लच्छे पहलवान ने उसके पास आकर बैठते हुए कहा।

"मलबा उसका कैसे है ? मलबा हमारा है !" पहलवान ने झाग से घरघराई आवाज़ में कहा।

"मगर वह वहाँ बैठा है !" लच्छे ने आँखों में एक रहस्यमय संकेत लाकर कहा।

"बैठा है, बैठा रहे। तू चिलम ला !" रक्खे की टाँगें फैल गईं और उसने अपनी नंगी जाँघों पर हाथ फेर लिया।

"मनोरी ने अगर उसे कुछ बता-वता दिया तो···?" लच्छे ने चिलम भरने के लिए उठते हुए उसी रहस्यपूर्ण ढंग से कहा।

"मनोरी की क्या शामत आई है ?"

लच्छा चला गया।

कुएँ पर पीपल की कई पुरानी पत्तियाँ बिखरी थीं। रक्खा उन पत्तियों को उठा-उठाकर अपने हाथों में मसलता रहा। जब लच्छे ने चिलम के नीचे कपड़ा लगाकर चिलम उसके हाथ में दी, तो उसने कश खींचते हुए पूछा, "और तो किसी से गनी की बात नहीं हुई ?"

"नहीं।"

"ले," और उसने खाँसते हुए चिलम लच्छे के हाथ में दे दी। मनोरी गनी की बाँह पकड़े मलबे की तरफ से आ रहा था। लच्छा उकड़ूँ होकर चिलम के लंबे-लंबे कश खींचने लगा। उसकी आँखें आधा क्षण रक्खे के चेहरे पर टिकतीं और आधा क्षण गनी की तरफ लगी रहतीं।

मनोरी गनी की बाँह थामे उससे एक कदम आगे चल रहा था—जैसे उसकी कोशिश हो कि गनी कुएँ के पास से बिना रक्खे को देखे ही निकल जाए। मगर रक्खा जिस तरह बिखरकर बैठा था, उससे गनी ने उसे दूर से ही देख लिया। कुएँ के पास पहुँचते न पहुँचते उसकी दोनों बाँहें फैल गईं और उसने कहा, "रक्खे पहलवान !"

रक्खे ने गरदन उठाकर और आँखें ज़रा छोटी करके उसे देखा। उसके गले

में अस्पष्ट-सी घरघराहट हुई, पर वह बोला नहीं।

"रक्खे पहलवान, मुझे पहचाना नहीं ?" गनी ने बाँहें नीची करके कहा, "मैं गनी हूँ, अब्दुल गनी, चिरागदीन का बाप !"

पहलवान ने ऊपर से नीचे तक उसका जायज़ा लिया। अब्दुल गनी की आँखों में उसे देखकर एक चमक-सी आ गई थी। सफेद दाढ़ी के नीचे उसके चेहरे की झुर्रियाँ भी कुछ फैल गई थीं। रक्खे का निचला होंठ फड़का। फिर उसकी छाती से भारी-सा स्वर निकला, "सुना, गनिया !"

गनी की बाँहें फिर फैलने को हुईं, पर पहलवान पर कोई प्रतिक्रिया न देखकर उसी तरह रह गईं। वह पीपल का सहारा लेकर कुएँ की सिल पर बैठ गया।

ऊपर खिड़कियों में चेहमेगोइयाँ तेज़ हो गईं कि अब दोनों आमने-सामने आ गए हैं, तो बात ज़रूर खुलेगी···फिर हो सकता है कि दोनों में गाली-गलौज भी हो।···अब रक्खा गनी को हाथ नहीं लगा सकता। अब वे दिन नहीं रहे।···बड़ा मलबे का मालिक बनता था !···असल में मलबा न इसका है, न गनी का। मलबा तो सरकार की मलकियत है ! मरदूद किसी को वहाँ गाय का खूँटा तक नहीं लगाने देता !···मनोरी भी डरपोक है। इसने गनी को बता क्यों नहीं दिया कि रक्खे ने ही चिराग और उसके बीवी-बच्चों को मारा है !···रक्खा आदमी नहीं साँड़ है ! दिन-भर साँड़ की तरह गली में घूमता है !···गनी बेचारा कितना दुबला हो गया है ! दाढ़ी के सारे बाल सफेद हो गए हैं !···

गनी ने कुएँ की सिल पर बैठकर कहा, "देख, रक्खे पहलवान, क्या से क्या हो गया है ! भरा-पूरा घर छोड़कर गया था और आज यहाँ यह मिट्टी देखने आया हूँ ! बसे घर की आज की यही निशानी रह गई है ! तू सच पूछे, तो मेरा यह मिट्टी भी छोड़कर जाने को मन नहीं करता !" और उसकी आँखें छलछला आईं।

पहलवान ने अपनी टाँगें समेट लीं और अँगोछा कुएँ की मुँडेर से उठाकर कंधे पर डाल लिया। लच्छे ने चिलम उसकी तरफ बढ़ा दी। वह कश खींचने लगा।

"तू बता, रक्खे, यह सब हुआ किस तरह ?" गनी किसी तरह अपने आँसू रोककर बोला। "तुम लोग उसके पास थे। सब में भाई-भाई की-सी मुहब्बत थी। अगर वह चाहता, तो तुममें से किसी के घर में नहीं छिप सकता था ? उसमें इतनी भी समझदारी नहीं थी ?"

"ऐसे ही है," रक्खे को स्वयं लगा कि उसकी आवाज़ में एक अस्वाभाविक-सी गूँज है। उसके होंठ गाढ़े लार से चिपक गए थे। मूँछों के नीचे से पसीना उसके होंठ पर आ रहा था। उसे माथे पर किसी चीज़ का दबाव महसूस हो रहा था और

उसकी रीढ़ की हड्डी सहारा चाह रही थी।

"पाकिस्तान में तुम लोगों के क्या हाल हैं ?" उसने पूछा। उसके गले की नसों में एक तनाव आ गया था। उसने अँगोछे से बगलों का पसीना पोंछा और गले का झाग मुँह में खींचकर गली में थूक दिया।

"क्या हाल बताऊँ, रक्खे," गनी दोनों हाथों से छड़ी पर बोझ डालकर झुकता हुआ बोला। "मेरा हाल तो मेरा खुदा ही जानता है। चिराग वहाँ साथ होता, तो और बात थी।...मैंने उसे कितना समझाया था कि मेरे साथ चला चल। पर वह ज़िद पर अड़ा रहा कि नया मकान छोड़कर नहीं जाऊँगा—यह अपनी गली है, यहाँ कोई खतरा नहीं है। भोले कबूतर ने यह नहीं सोचा कि गली में खतरा न हो, पर बाहर से तो खतरा आ सकता है ! मकान की रखवाली के लिए चारों ने अपनी जान दे दी !...रक्खे, उसे तेरा बहुत भरोसा था। कहता था कि रक्खे के रहते मेरा कोई कुछ नहीं बिगाड़ सकता। मगर जब जान पर बन आई, तो रक्खे के रोके भी न रुकी।"

रक्खे ने सीधा होने की चेष्टा की क्योंकि उसकी रीढ़ की हड्डी बहुत दर्द कर रही थी। अपनी कमर और जाँघों के जोड़ पर उसे सख्त दबाव महसूस हो रहा था। पेट की अँतड़ियों के पास से जैसे कोई चीज़ उसकी साँस को रोक रही थी। उसका सारा जिस्म पसीने से भीग गया था और उसके तलुओं में चुनचुनाहट हो रही थी। बीच-बीच में नीली फुलझड़ियाँ-सी ऊपर से उतरती और तैरती हुई उसकी आँखों के सामने से निकल जातीं। उसे अपनी ज़बान और होंठों के बीच एक फासला-सा महसूस हो रहा था। उसने अँगोछे से होंठों के कोनों को साफ किया। साथ ही उसके मुँह से निकला, "हे प्रभु, तू ही है, तू ही है, तू ! ही है !"

गनी ने देखा कि पहलवान के होंठ सूख रहे हैं और उसकी आँखों के गिर्द दायरे गहरे हो गए हैं। वह उसके कंधे पर हाथ रखकर बोला, "जो होना था, हो गया रक्खिआ ! उसे अब कोई लौटा थोड़े ही सकता है ! खुदा नेक की नेकी बनाए रखे और बद की बदी माफ करे ! मैंने आकर तुम लोगों को देख लिया, सो समझूँगा कि चिराग को देख लिया। अल्लाह तुम्हें सेहतमंद रखे !" और वह छड़ी के सहारे उठ खड़ा हुआ। चलते हुए उसने कहा, "अच्छा, रक्खे पहलवान !"

रक्खे के गले से मद्धिम-सी आवाज़ निकली। अँगोछा लिए हुए उसके दोनों हाथ जुड़ गए। गनी हसरत-भरी नज़र से आसमान देखता हुआ धीरे-धीरे गली से बाहर चला गया।

ऊपर खिड़कियों में थोड़ी देर चेहमेगोइयाँ चलती रहीं—कि मनोरी ने गली से

बाहर निकलकर ज़रूर गनी को सब कुछ बता दिया होगा कि गनी के सामने रक्खे का तालू कैसे खुश्क हो गया था !···रक्खा अब किस मुँह से लोगों को···मलबे पर गाय बाँधने से रोकेगा ? बेचारी जुबैदा ! कितनी अच्छी थी वह ! रक्खे मरदूद का घर···न घाट, इसे किसी की माँ-बहन का लिहाज़ था ?

थोड़ी देर में स्त्रियाँ घरों से गली में उतर आईं। बच्चे गली में गुल्ली-डंडा खेलने लगे। दो बारह-तेरह साल की लड़कियाँ किसी बात पर एक-दूसरी से गुत्थमगुत्था हो गईं।

रक्खा गहरी शाम तक कुएँ पर बैठा खँखारता और चिलम फूँकता रहा। कई लोगों ने वहाँ गुज़रते हुए उससे पूछा, "रक्खे शाह ! सुना है, आज गनी पाकिस्तान से आया था ?"

"हाँ, आया था," रक्खे ने हर बार एक ही उत्तर दिया।

"फिर ?"

"फिर कुछ नहीं। चला गया।"

रात होने पर रक्खा रोज़ की तरह गली के बाहर बाईं तरफ की दुकान के तख्ते पर आ बैठा। रोज़ वह रास्ते से गुज़रने वाले परिचित लोगों को आवाज़ दे-देकर पास बुला लेता था और उन्हें सट्टे के गुर और सेहत के नुस्खे बताता रहता था। मगर उस दिन वह वहाँ बैठा लच्छे को अपनी वैष्णो देवी की उस यात्रा का वर्णन सुनाता रहा जो उसने पंद्रह साल पहले की थी। लच्छे को भेजकर वह गली में आया, तो मलबे के पास लोकू पंडित की भैंस को देखकर वह आदत के मुताबिक उसे धक्के दे-देकर हटाने लगा—"तत-तत-तत···तत-तत···!"

भैंस को हटाकर वह सुस्ताने के लिए मलबे के चौखट पर बैठ गया। गली उस समय सुनसान थी। कमेटी की बत्ती न होने से वहाँ शाम से ही अँधेरा हो जाता था। मलबे के नीचे नाली का पानी हलकी आवाज़ करता बह रहा था। रात की खामोशी को काटती हुई कई तरह की हलकी-हलकी आवाज़ें मलबे की मिट्टी में से सुनाई दे रही थीं···च्यु-च्यु-च्यु···चिक्-चिक्-चिक्···किर्र्र्र्र-र्र्र्र्र-रीरीरीरी-चिर्र्र्र्र···। एक भटका हुआ कौआ न जाने कहाँ से उड़कर उस चौखट पर आ बैठा। इससे लकड़ी के कई रेशे इधर-उधर छितरा गए। कौए के वहाँ बैठते न बैठते मलबे के एक कोने में लेटा हुआ कुत्ता गुर्राकर उठा और ज़ोर-ज़ोर से भौंकने लगा—वऊ अऊ-वऊ ! कौआ कुछ देर सहमा-सा चौखट पर बैठा रहा, फिर पंख फड़फड़ाता कुएँ के पीपल पर चला गया। कौए के उड़ जाने पर कुत्ता और नीचे उतर आया और पहलवान की तरफ मुँह करके भौंकने लगा। पहलवान उसे हटाने

के लिए भारी आवाज़ में बोला, "दुर् दुर् दुर्...दुरे !" मगर कुत्ता और पास आकर भौंकने लगा—वऊ-अउ-वउ-वउ-वउ-वउ...।

पहलवान ने एक ढेला उठाकर कुत्ते की तरफ फेंका। कुत्ता थोड़ा पीछे हट गया, पर उसका भौंकना बंद नहीं हुआ। पहलवान कुत्ते को माँ की गाली देकर वहाँ से उठ खड़ा हुआ और धीरे-धीरे जाकर कुएँ की सिल पर लेट गया। उसके वहाँ से हटते ही कुत्ता गली में उतर आया और कुएँ की तरफ मुँह करके भौंकने लगा। काफी देर भौंकने के बाद जब उसे गली में कोई प्राणी चलता-फिरता नज़र नहीं आया, तो वह एक बार कान झटककर मलबे पर लौट गया और वहाँ कोने में बैठकर गुर्राने लगा। ●

उसकी रोटी

बालो को पता था कि अभी बस के आने में बहुत देर है, फिर भी पल्ले से पसीना पोंछते हुए उसकी आँखें बार-बार सड़क की तरफ उठ जाती थीं। नकोदर रोड के उस हिस्से में आसपास कोई छायादार पेड़ भी नहीं था। वहाँ की ज़मीन भी बंजर और ऊबड़-खाबड़ थी—खेत वहाँ से तीस-चालीस गज़ के फासले से शुरू होते थे। और खेतों में भी उन दिनों कुछ नहीं था। फसल कटने के बाद सिर्फ ज़मीन की गोड़ाई ही की गई थी, इसलिए चारों तरफ बस मटियालापन ही नज़र आता था। गरमी से पिघली हुई नकोदर रोड का हलका सुरमई रंग ही उस मटियालेपन से ज़रा अलग था। जहाँ बालो खड़ी थी वहाँ से थोड़े फासले पर एक लकड़ी का खोखा था। उसमें पानी के दो बड़े-बड़े मटकों के पास बैठा एक अधेड़-सा व्यक्ति ऊँघ रहा था। ऊँघ में वह आगे को गिरने को होता तो सहसा झटका खाकर सँभल जाता। फिर आसपास के वातावरण पर एक उदास-सी नज़र डालकर, और अँगोछे से गले का पसीना पोंछकर, वैसे ही ऊँघने लगता। एक तरफ अढ़ाई-तीन फुट में खोखे की छाया फैली थी और एक भिखमंगा, जिसकी दाढ़ी काफी बढ़ी हुई थी, खोखे से टेक लगाए ललचाई आँखों से बालो के हाथों की तरफ देख रहा था। उसके पास ही एक कुत्ता दुबककर बैठा था, और उसकी नज़र भी बालो के हाथों की तरफ थी।

बालो ने हाथ की रोटी को मैले आँचल में लपेट रखा था। वह उसे बद नज़र से बचाए रखना चाहती थी। रोटी वह अपने पति सुच्चासिंह ड्राइवर के लिए लाई थी, मगर देर हो जाने से सुच्चासिंह की बस निकल गई थी और वह अब इस इंतज़ार में खड़ी थी कि बस नकोदर से होकर लौट आए, तो वह उसे रोटी दे दे। वह जानती थी कि उसके वक्त पर न पहुँचने से सुच्चासिंह को बहुत गुस्सा आया होगा। वैसे ही उसकी बस जालंधर से चलकर दो बजे वहाँ आती थी, और उसे नकोदर पहुँचकर रोटी खाने में तीन-साढ़े तीन बज जाते थे। वह उसकी रात की रोटी भी उसे साथ ही देती थी, जो वह आखिरी फेरे में नकोदर पहुँचकर खाता था। सात दिन में छह दिन सुच्चासिंह की ड्यूटी रहती थी, और छहों दिन यही

सिलसिला चलता था। बालो एक-सवा एक बजे रोटी लेकर गाँव से चलती थी, और धूप में आधा कोस तय करके दो बजे से पहले सड़क के किनारे पहुँच जाती थी। अगर कभी उसे दो-चार मिनट की देर हो जाती तो सुच्चासिंह किसी न किसी बहाने बस को वहाँ रोके रखता, मगर, उसके आते ही उसे डाँटने लगता कि वह सरकारी नौकर है, उसके बाप का नौकर नहीं कि उसके इंतज़ार में बस खड़ी रखा करे। वह चुपचाप उसकी डाँट सुन लेती और उसे रोटी दे देती।

मगर आज वह दो-चार मिनट की नहीं, दो-अढ़ाई घंटे की देर से आई थी। यह जानते हुए भी कि उस समय वहाँ पहुँचने का कोई मतलब नहीं, वह अपनी बेचैनी में घर से चल दी थी—उसे जैसे लग रहा था कि वह जितना वक्त सड़क के किनारे इंतज़ार करने में बिताएगी, सुच्चासिंह की नाराज़गी उतनी ही कम हो जाएगी। यह तो निश्चित ही था कि सुच्चासिंह ने दिन की रोटी नकोदर के किसी तंदूर में खा ली होगी। मगर उसे रात की रोटी देना ज़रूरी था और साथ ही वह सारी बात बताना भी जिसकी वजह से उसे देर हो गई थी। वह पूरी घटना को मन ही मन दोहरा रही थी, और सोच रही थी कि सुच्चासिंह से बात किस तरह कही जाए कि उसे सब कुछ पता भी चल जाए और वह खामखाह तैश में भी न आए। वह जानती थी कि सुच्चासिंह का गुस्सा बहुत खराब है और साथ ही यह भी कि जंगी से उलटा-सीधा कुछ कहा जाए तो वह बगैर गँड़ासे के बात नहीं करता।

जंगी के बारे में बहुत-सी बातें सुनी जाती थीं। पिछले साल वह साथ के गाँव की एक मेहरी को भगाकर ले गया और न जाने कहाँ ले जाकर बेच आया था। फिर नकोदर के पंडित जीवाराम के साथ उसका झगड़ा हुआ, तो उसे उसने कत्ल करवा दिया। गाँव के लोग उससे दूर-दूर रहते थे, मगर उससे बिगाड़ नहीं रखते थे। मगर उस आदमी की लाख बुराइयाँ सुनकर भी उसने यह कभी नहीं सोचा था कि वह इतनी गिरी हुई हरकत भी कर सकता है कि चौदह साल की जिंदाँ को अकेली देखकर उसे छेड़ने की कोशिश करे। वह यूँ भी जिंदाँ से तिगुनी उम्र का था और अभी साल-भर पहले तक उसे बेटी-बेटी कहकर बुलाया करता था। मगर आज उसकी इतनी हिम्मत पड़ गई कि उसने खेत में से आती जिंदाँ का हाथ पकड़ लिया ?

उसने जिंदाँ को नन्ती के यहाँ से उपले माँग लाने को भेजा था। इनका घर खेतों के एक सिरे पर था और गाँव के बाकी घर दूसरे सिरे पर थे। वह आटा गूँधकर इंतज़ार कर रही थी कि जिंदाँ उपले लेकर आए, तो वह जल्दी से रोटियाँ सेंक ले, जिससे बस के वक्त से पहले सड़क पर पहुँच जाए। मगर जिंदाँ आई, तो

उसके हाथ खाली थे और उसका चेहरा हल्दी की तरह पीला हो रहा था। जब तक जिंदाँ नहीं आई थी, उसे उस पर गुस्सा आ रहा था। मगर उसे देखते ही उसका दिल एक अज्ञात आशंका से काँप गया।

"क्या हुआ है जिंदो, ऐसे क्यों हो रही है ?" उसने ध्यान से उसे देखते हुए पूछा।

जिंदाँ चुपचाप उसके पास आकर बैठ गई और बाँहों में सिर डालकर रोने लगी।

"खसम खानी, कुछ बताएगी भी, क्या बात हुई है ?"

जिंदाँ कुछ नहीं बोली। सिर्फ उसके रोने की आवाज़ तेज़ हो गई।

"किसी ने कुछ कहा है तुझसे ?" उसने अब उसके सिर पर हाथ फेरते हुए पूछा।

"तू मुझे उपले-वुपले लेने मत भेजा कर," जिंदाँ रोने के बीच उखड़ी-उखड़ी आवाज़ में बोली। "मैं आज से घर से बाहर नहीं जाऊँगी। मुआ जंगी आज मुझसे कहता था···" और गला रुँध जाने से वह आगे कुछ नहीं कह सकी।

"क्या कहता था जंगी तुझसे···बता···बोल···" वह जैसे एक बोझ के नीचे दबकर बोली, "खसम खानी, अब बोलती क्यों नहीं ?"

"वह कहता था," जिंदाँ सिसकती रही, "चल जिंदाँ, अंदर चलकर शरबत पी ले। आज तू बहुत सोहणी लग रही है···।"

"मुआ कमज़ात !" वह सहसा उबल पड़ी। "मुए को अपनी माँ रंडी नहीं सोहणी लगती ? मुए की नज़र में कीड़े पड़ें। निपूते, तेरे घर में लड़की होती, तो इससे बड़ी होती, तेरे दीदे फटें !···फिर तूने क्या कहा ?"

"मैंने कहा, चाचा, मुझे प्यास नहीं है।" जिंदाँ कुछ सँभलने लगी।

"फिर ?"

"कहने लगा, प्यास नहीं है, तो भी एक घूँट पी लेना। चाचा का शरबत पिएगी तो याद करेगी।···और मेरी बाँह पकड़कर खींचने लगा।"

"हाय रे मौत-मरे, तेरे कुछ न रहे, तेरे घर में आग लगे। आने दे सुच्चासिंह को। मैं तेरी बोटी-बोटी न नुचवाऊँ तो कहना, जल-मरे ! तू सोया सो ही जाए। ···हाँ, फिर ?"

"मैं बाँह छुड़ाने लगी, तो मुझे मिठाई का लालच देने लगा। मेरे हाथ से उपले वहीं गिर गए। मैंने उन्हें वैसे ही पड़े रहने दिया और बाँह छुड़ाकर भाग आई।"

उसने ध्यान से जिंदाँ को सिर से पैर तक देखा और फिर अपने साथ सटा

लिया।

"और तो नहीं कुछ कहा उसने ?"

"जब मैं थोड़ी दूर निकल आई, तो पीछे से ही-ही करके बोला, 'बेटी, तू बुरा तो नहीं मान गई ? अपने उपले तो उठाकर ले जा। मैं तो तेरे साथ हँसी कर रहा था। तू इतना भी नहीं समझती ? चल, आ इधर, नहीं आती, तो मैं आज तेरे घर आकर तेरी बहन से शिकायत करूँगा कि जिंदाँ बहुत गुस्ताख हो गई है, कहा नहीं मानती।'…मगर मैंने उसे न जवाब दिया, न मुड़कर उसकी तरफ देखा। सीधी घर चली आई।"

"अच्छा किया। मैं मुए की हड्डी-पसली एक कराकर छोड़ूँगी। तू आने दे सुच्चासिंह को। मैं अभी जाकर उससे बात करूँगी। इसे यह नहीं पता कि जिंदाँ सुच्चासिंह ड्राइवर की साली है, ज़रा सोच-समझकर हाथ लगाऊँ।" फिर कुछ सोचकर उसने पूछा, "वहाँ तुझे और किसी ने तो नहीं देखा ?"

"नहीं। खेतों के इस तरफ आम के पेड़ के नीचे राधू चाचा बैठा था। उसने देखकर पूछा कि बेटी, इस वक्त धूप में कहाँ से आ रही है, तो मैंने कहा कि बहन के पेट में दर्द था, हकीमजी से चूरन लाने गई थी।"

"अच्छा किया। मुआ जंगी तो शोहदा है। उसके साथ अपना नाम जुड़ जाए, तो अपनी ही इज़्ज़त जाएगी। उस सिर-जले का क्या जाना है ? लोगों को तो करने के लिए बात चाहिए।"

उसके बाद उपले लाकर खाना बनाने में उसे काफी देर हो गई। जिस वक्त उसने कटोरे में आलू की तरकारी और आम का अचार रखकर उसे रोटियों के साथ खद्दर के टुकड़े में लपेटा, उसे पता था कि दो कब के बज चुके हैं और वह दोपहर की रोटी सुच्चासिंह को नहीं पहुँचा सकती। इसलिए वह रोटी रखकर इधर-उधर के काम करने लगी। मगर जब बिलकुल खाली हो गई, तो उससे यह नहीं हुआ कि बस के अंदाज़े से घर से चले। मुश्किल से साढ़े तीन-चार ही बजे थे कि वह चलने के लिए तैयार हो गई।

"बहन, तू कब तक आएगी ?" जिंदाँ ने पूछा।

"दिन ढलने से पहले ही आ जाऊँगी।"

"जल्दी आ जाना। मुझे अकेले डर लगेगा।"

"डरने की क्या बात है ?" वह दिखावटी साहस के साथ बोली, "किसकी हिम्मत है जो तेरी तरफ आँख उठाकर भी देख सके ? सुच्चासिंह को पता लगेगा, तो वह उसे कच्चा ही नहीं चबा जाएगा ? वैसे मुझे ज़्यादा देर नहीं लगेगी। साँझ

से पहले ही घर पहुँच जाऊँगी। तू ऐसा करना कि अंदर से साँकल लगा लेना। समझी ? कोई दरवाज़ा खटखटाए तो पहले नाम पूछ लेना।" फिर उसने ज़रा धीमे स्वर में कहा, "और अगर जंगी आ जाए, और मेरे लिए पूछे कि कहाँ गई है, तो कहना कि सुच्चासिंह को बुलाने गई है। समझी ?···पर नहीं। तू उससे कुछ नहीं कहना। अंदर से जवाब ही नहीं देना। समझी ?"

वह दहलीज़ के पास पहुँची तो जिंदाँ ने पीछे से कहा, "बहन, मेरा दिल धड़क रहा है।"

"तू पागल हुई है ?" उसने उसे प्यार के साथ झिड़क दिया, "साथ गाँव है, फिर डर किस बात का है ? और तू आप भी मुटियार है, इस तरह घबराती क्यों है ?"

मगर जिंदाँ को दिलासा देकर भी उसकी अपनी तसल्ली नहीं हुई। सड़क के किनारे पहुँचने के वक्त से ही वह चाह रही थी कि किसी तरह बस जल्दी से आ जाए, जिससे वह रोटी देकर झटपट जिंदाँ के पास वापस पहुँच जाए।

"वीरा, दो बजे वाली बस को गए कितनी देर हुई है ?" उसने भिखमंगे से पूछा, जिसकी आँखें अब भी उसके हाथ की रोटी पर लगी हुई थीं। धूप की चुभन अभी कम नहीं हुई थी, हालाँकि खोखे की छाया अब पहले से काफी लंबी हो गई थी। कुत्ता प्याऊ के तख्ते के नीचे पानी को मुँह लगाकर अब आसपास चक्कर काट रहा था।

"पता नहीं भैणा," भिखमंगे ने कहा, "कई बसें आती हैं, कई जाती हैं। यहाँ कौन घड़ी का हिसाब है !"

बालो चुप हो रही। एक बस अभी थोड़ी ही देर पहले नकोदर की तरफ गई थी। उसे लग रहा था, धूल के फैलाव के दोनों तरफ दो अलग-अलग दुनियाएँ हैं। बसें एक दुनिया से आती हैं और दूसरी दुनिया की तरफ चली जाती हैं। कैसी होंगी वे दुनियाएँ जहाँ बड़े-बड़े बाज़ार हैं, दुकानें हैं, और जहाँ एक ड्राइवर की आमदनी का तीन-चौथाई हिस्सा हर महीने खर्च हो जाता है ? देवी अकसर कहा करता था कि सुच्चासिंह ने नकोदर में एक रखेल रख रखी है। उसका कितना मन होता था कि वह एक बार उस औरत को देखे। उसने एक बार सुच्चासिंह से कहा भी था कि उसे वह नकोदर दिखा दे, पर सुच्चासिंह ने डाँटकर जवाब दिया था, 'क्यों, तेरे पर निकल रहे हैं ? घर में चैन नहीं पड़ता ? सुच्चासिंह वह मरद नहीं है कि औरत की बाँह पकड़कर उसे सड़कों पर घुमाता फिरे। घूमने का ऐसा ही शौक है, तो दूसरा खसम कर ले। मेरी तरफ से तुझे खुली छुट्टी है।'

उस दिन के बाद वह यह बात ज़बान पर भी नहीं लाई थी। सुच्चासिंह कैसा भी हो, उसके लिए सब कुछ वही था। वह उसे गालियाँ दे लेता था, मार-पीट लेता था, फिर भी उससे इतना प्यार तो करता था कि हर महीने तनखाह मिलने पर उसे बीस रुपए दे जाता था। लाख बुरी कहकर भी वह उसे अपनी घरवाली तो समझता था ! ज़बान का कड़वा भले ही हो, पर सुच्चासिंह दिल का बुरा हरगिज़ नहीं था। वह उसके जिंदाँ को घर में रख लेने पर अकसर कुढ़ा करता था, मगर पिछले महीने खुद ही जिंदाँ के लिए काँच की चूड़ियाँ और अढ़ाई गज़ मलमल लाकर दे गया था।

एक बस धूल उड़ाती आकाश के उस छोर से इस तरफ को आ रही थी। बालो ने दूर से ही पहचान लिया कि वह सुच्चासिंह की बस नहीं है। फिर भी बस जब तक पास नहीं आ गई, वह उत्सुक आँखों से उस तरफ देखती रही। बस प्याऊ के सामने आकर रुकी। एक आदमी प्याज़ और शलगम का गट्ठर लिए बस से उतरा। फिर कंडक्टर ने ज़ोर से दरवाज़ा बंद किया और बस आगे चल दी। जो आदमी बस से उतरा था, उसने प्याऊ के पास जाकर प्याऊ वाले को जगाया और चुल्लू से दो लोटे पानी पीकर मूँछें साफ करता हुआ अपने गट्ठर के पास लौट आया।

"वीरा, नकोदर से अगली बस कितनी देर में आएगी ?" बालो ने दो कदम आगे जाकर उस आदमी से पूछ लिया।

"घंटे-घंटे के बाद बस चलती है माई," वह बोला। "तुझे कहाँ जाना है ?"

"जाना नहीं है वीरा, बस का इंतज़ार करना है। सुच्चासिंह ड्राइवर मेरा घरवाला है। उसे रोटी देनी है।"

"ओ सुच्चा स्यों !" और उस आदमी के होंठों पर खास तरह की मुसकराहट आ गई।

"तू उसे जानता है ?"

"उसे नकोदर में कौन नहीं जानता ?"

बालो को उसके कहने का ढंग अच्छा नहीं लगा, इसलिए वह चुप हो रही। सुच्चासिंह के बारे में जो बातें वह खुद जानती थी, उन्हें दूसरों के मुँह से सुनना उसे पसंद नहीं था। उसे समझ नहीं आता था कि दूसरों को क्या हक है कि वे उसके आदमी के बारे में इस तरह बात करें ?

"सुच्चासिंह शायद अगली बस लेकर आएगा," वह आदमी बोला।

"हाँ ! इसके बाद अब उसी की बस आएगी।"

"बड़ा ज़ालिम है जो तुझसे इस तरह इंतज़ार कराता है।"

"चल वीरा, अपने रास्ते चल !" बालो चिढ़कर बोली, "वह क्यों इंतज़ार कराएगा ? मुझे ही रोटी लाने में देर हो गई थी, जिससे बस निकल गई। वह बेचारा सवेरे से भूखा बैठा होगा।"

"भूखा ? कौन सुच्चा स्याँ ?" और वह व्यक्ति दाँत निकालकर हँस दिया। बालो ने मुँह दूसरी तरफ कर लिया। "या साँईं सच्चे !" कहकर उस आदमी ने अपना गट्ठर सिर पर उठा लिया और खेतों की पगडंडी पर चल दिया। बालो की दाईं टाँग सो गई थी। उसने भार दूसरी टाँग पर बदलते हुए एक लंबी साँस ली और दूर तक के वीराने को देखने लगी।

न जाने कितनी देर बाद आकाश के उसी कोने से उसे दूसरी बस अपनी तरफ आती नज़र आई। तब तक खड़े-खड़े उसके पैरों की एड़ियाँ दुखने लगी थीं। बस को देखकर वह पोटली का कपड़ा ठीक करने लगी। उसे अफसोस हो रहा था कि वह रोटियाँ कुछ और देर से बनाकर क्यों नहीं लाई, जिससे वे रात तक कुछ और ताज़ा रहतीं। सुच्चासिंह को कड़ाह प्रशाद का इतना शौक है—उसे क्यों यह ध्यान नहीं आया कि आज थोड़ा कड़ाह प्रशाद ही बनाकर ले आए ?...खैर, कल गुर परब है, कल ज़रूर कड़ाह प्रशाद बनाकर लाएगी।...

पीछे गर्द की लंबी लकीर छोड़ती हुई बस पास आती जा रही थी। बालो ने बीस गज़ दूर से ही सुच्चासिंह का चेहरा देखकर समझ लिया कि वह उससे बहुत नाराज़ है। उसे देखकर सुच्चासिंह की भवें तन गई थीं और निचले होंठ का कोना दाँतों में चला गया था। बालो ने धड़कते दिल से रोटी वाला हाथ ऊपर उठा दिया। मगर बस उसके पास न रुककर प्याऊ से ज़रा आगे जाकर रुकी।

दो-एक लोग वहाँ बस से उतरने वाले थे। कंडक्टर बस की छत पर जाकर एक आदमी की साइकिल नीचे उतारने लगा। बालो तेज़ी से चलकर ड्राइवर की सीट के बराबर पहुँच गई।

"सुच्चा स्याँ !" उसने हाथ ऊँचा उठाकर रोटी अंदर पहुँचाने की चेष्टा करते हुए कहा, "रोटी ले ले।"

"हट जा !" सुच्चासिंह ने उसका हाथ झटककर पीछे हटा दिया।

"सुच्चा स्याँ, एक मिनट नीचे उतरकर मेरी बात सुन ले। आज एक खास वजह हो गई थी, नहीं तो मैं... ।"

"बक नहीं, हट जा यहाँ से," कहकर सुच्चासिंह ने कंडक्टर से पूछा कि वहाँ का सारा सामान उतर गया है या नहीं।

"बस एक पेटी बाकी है, उतार रहा हूँ," कंडक्टर ने छत से आवाज़ दी।

"सुच्चा स्याँ, मैं दो घंटे से यहाँ खड़ी हूँ," बालो ने मिन्नत के लहजे से कहा, "तू नीचे उतरकर मेरी बात तो सुन ले।"

"उतर गई पेटी ?" सुच्चासिंह ने फिर कंडक्टर से पूछा।

"हाँ, चलो।" पीछे से कंडक्टर की आवाज़ आई।

"सुच्चा स्याँ ! तू मुझ पर नाराज़ हो ले, पर रोटी तो रख ले। तू मंगलवार को घर आएगा तो मैं तुझे सारी बात बताऊँगी।" बालो ने हाथ और ऊँचा उठा दिया।

"मंगलवार को घर आएगा तेरा···," और एक मोटी-सी गाली देकर सुच्चासिंह ने बस स्टार्ट कर दी।

दिन ढलने के साथ-साथ आकाश का रंग बदलने लगा था। बीच-बीच में कोई एकाध पक्षी उड़ता हुआ आकाश को पार कर जाता था। खेतों में कहीं-कहीं रंगीन पगड़ियाँ दिखाई देने लगी थीं। बालो ने प्याऊ से पानी पिया और आँखों पर छींटे मारकर आँचल से मुँह पोंछ लिया। फिर प्याऊ से कुछ फासले पर जाकर खड़ी हो गई। वह जानती थी, अब सुच्चासिंह की बस जालंधर से आठ-नौ बजे तक वापस आएगी। क्या तब तक उसे इंतज़ार करना चाहिए ? सुच्चासिंह को इतना तो करना चाहिए था कि उतरकर उसकी बात सुन लेता। उधर घर में जिंदाँ अकेली डर रही होगी। मुआ जंगी पीछे किसी बहाने से आ गया तो ? सुच्चासिंह रोटी ले लेता, तो वह आधे घंटे में घर पहुँच जाती। अब रोटी तो वह बाहर कहीं न कहीं खा ही लेगा, मगर उसके गुस्से का क्या होगा ? सुच्चासिंह का गुस्सा बेजा भी तो नहीं है। उसका मेहनती शरीर है और उसे कसकर भूख लगती है। वह थोड़ी और मिन्नत करती, तो वह ज़रूर मान जाता। पर अब ?

प्याऊ वाला प्याऊ बंद कर रहा था। भिखमंगा भी न जाने कब का उठकर चला गया था। हाँ, कुत्ता अब भी वहाँ आसपास घूम रहा था। धूप ढल रही थी और आकाश में उड़ते चिड़ियों के झुंड सुनहरे लग रहे थे। बालो को सड़क के पार तक फैली अपनी छाया बहुत अजीब लग रही थी। पास के किसी खेत में कोई गबरू जवान खुले गले से माहिया गा रहा था :

"बोलण दी थाँ कोई नाँ
जिहड़ा सानू ला वे दित्ता
उस रोग दा नाँ कोई नाँ।"

माहिया की वह लय बालो की रग-रग में बसी हुई थी। बचपन में गरमियों की शाम को वह और बच्चों के साथ मिलकर रहँट के पानी की धार के नीचे नाच-नाचकर नहाया करती थी, तब भी माहिया की लय इसी तरह हवा में समाई रहती थी। साँझ के झुटपुटे के साथ उस लय का एक खास ही संबंध था। फिर ज्यों-ज्यों वह बड़ी होती गई, ज़िंदगी के साथ उस लय का संबंध और गहरा होता गया। उसके गाँव का युवक लाली था जो बड़ी लोच के साथ माहिया गाया करता था। उसने कितनी बार उसे गाँव के बाहर पीपल के नीचे कान पर हाथ रखकर गाते सुना था। पुष्पा और पारो के साथ वह देर-देर तक उस पीपल के पास खड़ी रहती थी। फिर एक दिन आया जब उसकी माँ कहने लगी कि वह अब बड़ी हो गई है, उसे इस तरह देर-देर तक पीपल के पास नहीं खड़ी रहना चाहिए। उन्हीं दिनों उसकी सगाई की भी चर्चा होने लगी। जिस दिन सुच्चासिंह के साथ उसकी सगाई हुई, उस दिन पारो आधी रात तक ढोलक पर गीत गाती रही थी। गाते-गाते पारो का गला रह गया था फिर भी वह ढोलक छोड़ने के बाद उसे बाँहों में लिए हुए गाती रही थी–

"बीबी, चंनण दे ओहले-ओहले किऊँ खड़ी,
नीं लाडो किऊँ खड़ी ?
मैं ताँ खड़ी साँ बाबल जी दे बार,
मैं कँनिआ कँवार,
बाबल वर लोड़िए।
नीं जाइए, किहो जिहा वह लीजिए ?
जिऊँ तारिआँ विचों चंद,
चंदा विचों नंद,
नंदां विचों कान्ह-कन्हैया वर लीड़िए··· !"

वह नहीं जानती थी कि उसका वर कौन है, फिर भी उसका मन कहता था कि उसके वर की सूरत-शक्ल ठीक वैसी ही होगी जैसी कि गीत की कड़ियाँ सुनकर सामने आती है। सुहागरात को जब सुच्चासिंह ने उसके चेहरे से घूँघट हटाया, तो उसे देखकर लगा कि वह सचमुच बिलकुल वैसा ही कान्ह-कन्हैया वर पा गई है। सुच्चासिंह ने उसकी ठोड़ी ऊँची की, तो न जाने कितनी लहरें उसके सिर से उठकर पैरों के नाखूनों में जा समाईं। उसे लगा कि ज़िंदगी न जाने ऐसी कितनी सिहरनों से भरी होगी, जिन्हें वह रोज़-रोज़ महसूस करेगी और अपनी याद

में सँजोकर रखती जाएगी।

"तू हीरे की कणी है, हीरे की कणी," सुच्चासिंह ने उसे बाँहों में भरकर कहा था।

उसका मन हुआ था कि कहे, यह हीरे की कणी तेरे पैर की धूल के बराबर भी नहीं है, मगर वह शरमाकर चुप रह गई थी।

"माई, अँधेरा हो रहा है, अब घर जा। यहाँ खड़ी क्या कर रही है ?" प्याऊ वाले ने चलते हुए उसके पास रुककर कहा।

"वीरा, यह बस आठ-नौ बजे तक जालंधर से लौटकर आ जाएगी न ?" बालो ने दयनीय भाव से उससे पूछ लिया।

"क्या पता कब तक आए ? तू उतनी देर तक यहाँ खड़ी रहेगी ?"

"वीरा, उसकी रोटी जो देनी है।"

"उसे रोटी लेनी होती, तो ले न लेता ? उसका तो दिमाग ही आसमान पर चढ़ा रहता है।"

"वीरा, मर्द कभी नाराज़ हो ही जाता है। इसमें ऐसी क्या बात है ?"

"अच्छा, खड़ी रह, तेरी मर्ज़ी। बस नौ से पहले क्या आएगी !"

"चल, जब भी आए।"

प्याऊ वाले से बात करके वह निश्चय खुद-ब-खुद हो गया ज़ो वह अब तक नहीं कर पाई थी—कि उसे बस के जालंधर से लौटने तक वहाँ रुकी रहना है। जिंदाँ थोड़ा डरेगी—इतना ही तो न ? जंगी की अब दोबारा उससे कुछ कहने की हिम्मत नहीं पड़ सकती। आखिर गाँव की पंचायत भी तो कोई चीज़ है। दूसरे की बहन-बेटी पर बुरी नज़र रखना मामूली बात है ? सुच्चासिंह को पता चल जाए, तो वह उसे केशों से पकड़कर सारे गाँव में नहीं घसीट देगा ? मगर सुच्चासिंह को यह बात न बताना ही शायद बेहतर होगा। क्या पता इतनी-सी बात से दोनों में सिर-फुटव्वल हो जाए ? सुच्चासिंह पहले ही घर के झंझटों से घबराता है, उसे और झंझट में डालना ठीक नहीं। अच्छा हुआ जो उस वक्त सुच्चासिंह ने बात नहीं सुनी। वह तो अभी कह रहा था कि मंगलवार को घर नहीं आएगा। अगर वह सचमुच न आया, तो ? और अगर उसने गुस्से होकर घर आना बिलकुल छोड़ दिया, तो ? नहीं, वह उसे कभी कोई परेशान करने वाली बात नहीं बताएगी। सुच्चासिंह खुश रहे, घर की परेशानियाँ वह खुद सँभाल सकती है।

वह ज़रा-सा सिहर गई। गाँव का लोटूसिंह अपनी बीवी को छोड़कर भाग गया था। उसके पीछे वह टुकड़े-टुकड़े को तरस गई थी। अंत में उसने कुएँ में

छलाँग लगाकर आत्महत्या कर ली थी। पानी से फूलकर उसकी देह कितनी भयानक हो गई थी ?

उसे थकान महसूस हो रही थी, इसलिए वह जाकर प्याऊ के तख्ते पर बैठ गई। अँधेरा होने के साथ-साथ खेतों की हलचल फिर शांत होती जा रही थी। माहिया के गीत का स्थान अब झींगुरों के संगीत ने ले लिया था। एक बस जालंधर की तरफ से और एक नकोदर की तरफ से आकर निकल गई। सुच्चासिंह जालंधर से आखिरी बस लेकर आता था। उसने पिछली बस के ड्राइवर से पता कर लिया था कि अब जालंधर से एक ही बस आनी रहती है। अब जिस बस की बत्तियाँ दिखाई देंगी, वह सुच्चासिंह की ही बस होगी। थकान के मारे उसकी आँखें मुँदी जा रही थीं। वह बार-बार कोशिश से आँखें खोलकर उन्हें दूर तक के अँधेरे और उन काली छायाओं पर केंद्रित करती, जो धीरे-धीरे गहरी होती जा रही थीं। ज़रा-सी भी आवाज़ होती, तो उसे लगता कि बस आ रही है और वह सतर्क हो जाती। मगर बत्तियों की रोशनी न दिखाई देने से एक ठंडी साँस भर फिर से निढाल हो रहती। दो-एक बार मुँदी हुई आँखों से जैसे बस की बत्तियाँ अपनी ओर आती देखकर वह चौंक गई—मगर बस नहीं आ रही थी। फिर उसे लगने लगा कि वह घर में है और कोई ज़ोर-ज़ोर से घर के किवाड़ खटखटा रहा है। जिंदाँ अंदर सहमकर बैठी है। उसका चेहरा हल्दी की तरह पीला हो रहा है।…रहँट के बैल लगातार घूम रहे हैं। उनकी घंटियों की ताल के साथ पीपल के नीचे बैठा एक युवक कान पर हाथ रखे माहिया गा रहा है।…ज़ोर की धूल उड़ रही है जो धरती और आकाश की हर चीज़ को ढके ले रही है। वह अपनी रोटी वाली पोटली को सँभालने की कोशिश कर रही है, मगर वह उसके हाथ से निकलती जा रही है।…प्याऊ पर सूखे मटके रखे हैं जिनमें एक बूँद भी पानी नहीं है। वह बार-बार लोटा मटके में डालती है, पर उसे खाली पाकर निराश हो जाती है।…उसके पैरों में बिवाइयाँ फूट रही हैं। वह हाथ की उँगली से उन पर तेल लगा रही है, मगर लगाते-लगाते ही तेल सूखता जाता है।…जिंदाँ अपने खुले बाल घुटनों पर डाले रो रही है। कह रही है, "तू मुझे छोड़कर क्यों गई थी ? क्यों गई थी मुझे छोड़कर ? हाय, मेरा पराँदा कहाँ गया ? मेरा पराँदा किसने ले लिया ?"

सहसा कंधे पर हाथ के छूने से वह चौंक गई।

"सुच्चा स्याँ !" उसने जल्दी से आँखों को मल लिया।

"तू अब तक घर नहीं गई ?" सुच्चासिंह तख्ते पर उसके पास ही बैठ गया। बस ठीक प्याऊ के सामने खड़ी थी। उस वक्त उसमें एक सवारी नहीं थी।

कंडक्टर पीछे की सीट पर ऊँघ रहा था।

"मैंने सोचा रोटी देकर ही जाऊँगी। बैठे-बैठे झपकी आ गई। तुझे आए बहुत देर तो नहीं हुई ?"

"नहीं, अभी बस खड़ी की है। मैंने तुझे दूर से ही देख लिया था। तू इतनी पागल है कि तब से अब तक रोटी देने के लिए यहीं बैठी है ?"

"क्या करती ? तू जो कह गया था कि मैं घर नहीं आऊँगा !" और उसने पलकें झपककर अपने उमड़ते आँसुओं को सुखा देने की चेष्टा की।

"अच्छा, ला, दे रोटी, और घर जा ! जिंदाँ वहाँ अकेली डर रही होगी।" सुच्चासिंह ने उसकी बाँह थपथपा दी और उठ खड़ा हुआ।

रोटी वाला कटोरा उससे लेकर सुच्चासिंह उसकी पीठ पर हाथ रखे हुए उसे बस के पास तक ले आया। फिर वह उचककर अपनी सीट पर बैठ गया। बस स्टार्ट करने लगा, तो वह जैसे डरते-डरते बोली, "सुच्चा स्याँ, तू मंगल को घर आएगा न ?"

"हाँ, आऊँगा। तुझे शहर से कुछ मँगवाना हो, तो बता दे।"

"नहीं, मुझे मँगवाना कुछ नहीं है।"

बस घरघराने लगी, तो वह दो कदम पीछे हट गई। सुच्चासिंह ने अपनी दाढ़ी-मूँछ पर हाथ फेरा, एक डकार लिया और उसकी तरफ देखकर पूछ लिया, "तू उस वक्त क्या बात बताना चाहती थी ?"

"नहीं, ऐसी कोई खास बात नहीं थी। मंगल को घर आएगा ही···"

"अच्छा, अब जल्दी से चली जा, देर न कर। एक मील बाट है···!"

"···सुच्चा स्याँ, कल गुर परब है। कल मैं तेरे लिए कड़ाह प्रशाद बनाकर लाऊँगी··· ।"

"अच्छा, अच्छा··· ।"

बस चल दी। बालो पहियों की धूल में घिर गई। धूल साफ होने पर उसने पल्ले से आँखें पोंछ लीं और तब तक बस के पीछे की लाल बत्ती को देखती रही, जब तक वह आँखों से ओझल नहीं हो गई। ●

अपरिचित

कोहरे की वजह से खिड़कियों के शीशे धुँधले पड़ गए थे। गाड़ी चालीस की रफ्तार से सुनसान अँधेरे को चीरती चली जा रही थी। खिड़की से सिर सटाकर भी बाहर कुछ दिखाई नहीं देता था। फिर भी मैं देखने की कोशिश कर रहा था। कभी किसी पेड़ की हलकी-गहरी रेखा ही गुज़रती नज़र आ जाती तो कुछ देख लेने का संतोष होता। मन को उलझाए रखने के लिए इतना ही काफी था। आँखों में ज़रा नींद नहीं थी। गाड़ी को जाने कितनी देर बाद कहीं जाकर रुकना था। जब और कुछ दिखाई न देता, तो अपना प्रतिबिंब तो कम से कम देखा ही जा सकता था। अपने प्रतिबिंब के अलावा और भी कई प्रतिबिंब थे। ऊपर की बर्थ पर सोए व्यक्ति का प्रतिबिंब अजब बेबसी के साथ हिल रहा था। सामने की बर्थ पर बैठी स्त्री का प्रतिबिंब बहुत उदास था। उसकी भारी पलकें पल-भर के लिए ऊपर उठतीं, फिर झुक जातीं। आकृतियों के अलावा कई बार नई-नई आवाज़ें ध्यान बँटा देतीं, जिनसे पता चलता कि गाड़ी पुल पर से जा रही है या मकानों की कतार के पास से गुज़र रही है। बीच में सहसा इंजन की चीख सुनाई दे जाती, जिससे अँधेरा और एकांत और गहरे महसूस होने लगते।

मैंने घड़ी में वक्त देखा। सवा ग्यारह बजे थे। सामने बैठी स्त्री की आँखें बहुत सुनसान थीं। बीच-बीच में उनमें एक लहर-सी उठती और विलीन हो जाती। वह जैसे आँखों से देख नहीं रही थी, सोच रही थी। उसकी बच्ची, जिसे फर के कंबलों में लपेटकर सुलाया गया था, ज़रा-ज़रा कुनमुनाने लगी। गुलाबी टोपी सिर से उतर गई थी। उसने दो-एक बार पैर पटके, अपनी बँधी हुई मुट्ठियाँ ऊपर उठाईं और रोने लगी। स्त्री की सुनसान आँखें सहसा उमड़ आईं। उसने बच्ची के सिर पर टोपी ठीक कर दी और उसे कंबलों समेत उठाकर छाती से लगा लिया।

मगर इससे बच्ची का रोना बंद नहीं हुआ। उसने उसे हिलाकर और दुलारकर चुप कराना चाहा, मगर वह फिर भी रोती रही। इस पर उसने कंबल थोड़ा हटाकर बच्ची के मुँह में दूध दे दिया और उसे अच्छी तरह अपने साथ सटा लिया।

मैं फिर खिड़की से सिर सटाकर बाहर देखने लगा। दूर बत्तियों की एक कतार नज़र आ रही थी। शायद कोई आबादी थी, या सिर्फ सड़क ही थी। गाड़ी तेज़ रफ्तार से चल रही थी और इंजन बहुत पास होने से कोहरे के साथ धुआँ भी खिड़की के शीशों पर जमता जा रहा था। आबादी या सड़क, जो भी वह थी, अब धीरे-धीरे पीछे रही जा रही थी। शीशे में दिखाई देते प्रतिबिंब पहले से गहरे हो गए थे। स्त्री की आँखें मुँद गई थीं और ऊपर लेटे व्यक्ति की बाँह ज़ोर-ज़ोर से हिल रही थी। शीशे पर मेरी साँस के फैलने से प्रतिबिंब और धुँधले हो गए थे। यहाँ तक कि धीरे-धीरे सब प्रतिबिंब अदृश्य हो गए। मैंने तब जेब से रूमाल निकालकर शीशे को अच्छी तरह पोंछ दिया।

स्त्री ने आँखें खोल ली थीं और एकटक सामने देख रही थी। उसके होंठों पर हलकी-सी रेखा फैली थी जो ठीक मुसकराहट नहीं थी। मुसकराहट से बहुत कम व्यक्त उस रेखा में कहीं गंभीरता भी थी और अवसाद भी—जैसे वह अनायास उभर आई किसी स्मृति की रेखा थी। उसके माथे पर हलकी-सी सिकुड़न पड़ गई थी।

बच्ची जल्दी ही दूध से हट गई। उसने सिर उठाकर अपना बिना दाँत का मुँह खोल दिया और किलकारी भरती हुई माँ की छाती पर मुट्ठियों से चोट करने लगी। दूसरी तरफ से आती एक गाड़ी तेज़ रफ्तार में पास से गुज़री तो वह ज़रा सहम गई, मगर गाड़ी के निकलते ही और भी मुँह खोलकर किलकारी भरने लगी। बच्ची का चेहरा गदराया हुआ था और उसकी टोपी के नीचे से भूरे रंग के हलके-हलके बाल नज़र आ रहे थे। उसकी नाक ज़रा छोटी थी, पर आँखें माँ की ही तरह गहरी और फैली हुई थीं। माँ के गाल और कपड़े नोचकर उसकी आँखें मेरी तरफ घूम गईं और वह बाँहें हवा में पटकती हुई मुझे अपनी किलकारियों का निशाना बनाने लगी।

स्त्री की पलकें उठीं और उसकी उदास आँखें क्षण-भर मेरी आँखों से मिली रहीं। मुझे उस क्षण-भर के लिए लगा कि मैं एक ऐसे क्षितिज को देख रहा हूँ, जिसमें गहरी साँझ के सभी हलके-गहरे रंग झिलमिला रहे हैं और जिसका दृश्यपट क्षण के हर सौवें हिस्से में बदलता जा रहा है…।

बच्ची मेरी तरफ देखकर बहुत हाथ पटक रही थी, इसलिए मैंने अपने हाथ उसकी तरफ बढ़ा दिए और कहा, "आ, बेटे, आ…।"

मेरे हाथ पास आ जाने से बच्ची के हाथों का हिलना बंद हो गया और उसके होंठ रुआँसे हो गए।

स्त्री ने बच्ची को अपने होंठों से छुआ और कहा, "जा बिट्टू, जाएगी उनके पास ?"

लेकिन बिट्टू के होंठ और रुआँसे हो गए और वह माँ के साथ सट गई।

"गैर आदमी से डरती है," मैंने मुसकराकर कहा और हाथ हटा लिए।

स्त्री के होंठ भिंच गए और माथे की खाल में थोड़ा खिंचाव आ गया। उसकी आँखें जैसे अतीत में चली गईं। फिर सहसा वहाँ से लौट आईं और वह बोली, "नहीं, डरती नहीं। इसे दरअसल आदत नहीं है। यह आज तक या तो मेरे हाथों में रही है या नौकरानी के···," और वह उसके सिर पर झुक गई। बच्ची उसके साथ सटकर आँखें झपकने लगी। महिला उसे हिलाती हुई थपकियाँ देने लगी। बच्ची ने आँखें मूँद लीं। महिला उसकी तरफ देखती हुई जैसे चूमने के लिए होंठ बढ़ाए उसे थपकियाँ देती रही। फिर एकाएक उसने झुककर उसे चूम लिया।

"बहुत अच्छी है हमारी बिट्टू, झट-से सो जाती है," यह उसने जैसे अपने से कहा और मेरी तरफ देखा। उसकी आँखों में एक उदास-सा उत्साह भर रहा था।

"कितनी बड़ी है यह बच्ची ?" मैंने पूछा।

"दस दिन बाद पूरे चार महीने की हो जाएगी," वह बोली, "पर देखने में अभी उससे छोटी लगती है। नहीं ?"

मैंने आँखों से उसकी बात का समर्थन किया। उसके चेहरे में एक अपनी ही सहजता थी—विश्वास और सादगी की। मैंने सोई हुई बच्ची के गाल को ज़रा-सा सहला दिया। स्त्री का चेहरा और भावपूर्ण हो गया।

"लगता है, आपको बच्चों से बहुत प्यार है," वह बोली, "आपके कितने बच्चे हैं ?"

मेरी आँखें उसके चेहरे से हट गईं। बिजली के बल्ब के पास एक कीड़ा उड़ रहा था।

"मेरे ?" मैंने मुसकराने की कोशिश करते हुए कहा, "अभी तो कोई नहीं है, मगर··· ।"

"मतलब ब्याह हुआ है, अभी बच्चे-अच्चे नहीं हुए," वह मुसकराई, "आप मर्द लोग तो बच्चों से बचे ही रहना चाहते हैं न ?"

मैंने होंठ सिकोड़ लिए और कहा, "नहीं, यह बात नहीं··· ।"

"हमारे ये तो बच्ची को छूते भी नहीं," वह बोली, "कभी दो मिनट के लिए भी उठाना पड़ जाए तो झल्लाने लगते हैं। अब तो खैर वे इस मुसीबत से छूटकर बाहर ही चले गए हैं।" और सहसा उसकी आँखें छलछला आईं। रुलाई की वजह

से उसके होंठ बिलकुल उस बच्ची जैसे हो गए थे। फिर सहसा उसके होंठों पर मुसकराहट लौट आई—जैसा अकसर सोए हुए बच्चों के साथ होता है। उसने आँखें झपककर अपने को सहेज लिया और बोली, "वे डॉक्टरेट के लिए इंग्लैंड गए हैं। मैं उन्हें बंबई में जहाज़ पर चढ़ाकर आ रही हूँ।···वैसे छह-आठ महीने की बात है। फिर मैं भी उनके पास चली जाऊँगी।"

फिर उसने ऐसी नज़र से मुझे देखा जैसे उसे शिकायत हो कि मैंने उसकी इतनी व्यक्तिगत बात उससे क्यों जान ली !

"आप बाद में अकेली जाएँगी ?" मैंने पूछा, "इससे तो आप अभी साथ चली जातीं··· ।"

उसके होंठ सिकुड़ गए और आँखें फिर अंतर्मुख हो गईं। वह कई पल अपने में डूबी रही और उसी भाव से बोली, "साथ तो नहीं जा सकती थी क्योंकि अकेले उनके जाने की भी सुविधा नहीं थी। लेकिन उनको मैंने किसी तरह भेज दिया है। चाहती थी कि उनकी कोई तो चाह मुझसे पूरी हो जाए।···दीशी की बाहर जाने की बहुत इच्छा थी।···अब छह-आठ महीने मैं अपनी तनख्वाह में से कुछ पैसा बचाऊँगी और थोड़ा-बहुत कहीं से उधार लेकर अपने जाने का इंतजाम करूँगी।"

उसने सोच में डूबती-उतराती अपनी आँखों को सहसा सचेत कर लिया और फिर कुछ क्षण शिकायत की नज़र से मुझे देखती रही। फिर बोली, "अभी बिट्टू भी बहुत छोटी है न ? छह-आठ महीने में यह बड़ी हो जाएगी और मैं भी तब तक थोड़ा और पढ़ लूँगी। दीशी की बहुत इच्छा है कि मैं एम०ए० कर लूँ। मगर मैं ऐसी जड़ और नाकारा हूँ कि उनकी कोई भी चाह पूरी नहीं कर पाती। इसीलिए इस बार उन्हें भेजने के लिए मैंने अपने सब गहने बेच दिए हैं। अब मेरे पास बस मेरी बिट्टू है, और कुछ नहीं।" और वह बच्ची के सिर पर हाथ फेरती हुई, भरी-भरी नज़र से उसे देखती रही।

बाहर वही सुनसान अँधेरा था, वही लगातार सुनाई देती इंजन की फक्-फक्। शीशे से आँख गड़ा लेने पर भी दूर तक वीरानगी ही वीरानगी नज़र आती थी।

मगर उस स्त्री की आँखों में जैसे दुनिया-भर की वत्सलता सिमट आई थी। वह फिर कई क्षण अपने में डूबी रही। फिर उसने एक उसाँस ली और बच्ची को अच्छी तरह कंबलों में लपेटकर सीट पर लिटा दिया।

ऊपर की बर्थ पर लेटा हुआ आदमी खर्राटे भर रहा था। एक बार करवट बदलते हुए वह नीचे गिरने को हुआ, पर सहसा हड़बड़ाकर सँभल गया। फिर कुछ ही देर में वह और ज़ोर से खर्राटे भरने लगा।

"लोगों को जाने सफर में कैसे इतनी गहरी नींद आ जाती है !" वह स्त्री बोली, "मुझें दो-दो रातें सफर करना हो, तो भी मैं एक पल नहीं सो पाती। अपनी-अपनी आदत होती है !"

"हाँ, आदत की ही बात है," मैंने कहा, "कुछ लोग बहुत निश्चिंत होकर जीते हैं और कुछ होते हैं कि···।"

"बगैर चिंता के जी ही नहीं सकते !" और वह हँस दी। उसकी हँसी का स्वर भी बच्चों जैसा ही था। उसके दाँत बहुत छोटे-छोटे और चमकीले थे। मैंने भी उसकी हँसी में साथ दिया।

"मेरी बहुत खराब आदत है," वह बोली, "मैं बात-बेबात के सोचती रहती हूँ। कभी-कभी तो मुझे लगता है कि मैं सोच-सोचकर पागल हो जाऊँगी। ये मुझसे कहते हैं कि मुझे लोगों से मिलना-जुलना चाहिए, खुलकर हँसना, बात करना चाहिए, मगर इनके सामने मैं ऐसे गुमसुम हो जाती हूँ कि क्या कहूँ ? वैसे और लोगों से भी मैं ज़्यादा बात नहीं करती, लेकिन इनके सामने तो चुप्पी ऐसी छा जाती है जैसे मुँह में ज़बान हो ही नहीं···।···अब देखिए न, इस वक्त कैसे लतर-लतर बात कर रही हूँ !" और वह मुसकराई। उसके चेहरे पर हलकी-सी संकोच की रेखा आ गई।

"रास्ता काटने के लिए बात करना ज़रूरी हो जाता है," मैंने कहा, "खास तौर से जब नींद न आ रही हो।"

उसकी आँखें पल-भर फैली रहीं। फिर वह गरदन ज़रा झुकाकर बोली, "ये कहते हैं कि जिसके मुँह में ज़बान ही न हो, उसके साथ पूरी ज़िंदगी कैसे काटी जा सकती है ? ऐसे इनसान में और एक पालतू जानवर में क्या फर्क है ? मैं हज़ार चाहती हूँ कि इन्हें खुश दिखाई दूँ और इनके सामने कोई न कोई बात करती रहूँ, लेकिन मेरी सारी कोशिशें बेकार चली जाती हैं। इन्हें फिर गुस्सा आ जाता है और मैं रो देती हूँ। इन्हें मेरा रोना बहुत बुरा लगता है।" कहते हुए उसकी आँखों में आँसू छलक आए, जिन्हें उसने अपनी साड़ी के पल्ले से पोंछ लिया।

"मैं बहुत पागल हूँ," वह फिर बोली, "ये जितना मुझे टोकते हैं, मैं उतना ही ज़्यादा रोती हूँ। दरअसल ये मुझे समझ नहीं पाते। मुझे बात करना अच्छा नहीं लगता, फिर जाने क्यों ये मुझे बात करने के लिए मजबूर करते हैं ?" और फिर माथे को हाथ से दबाए हुए बोली, "आप भी अपनी पत्नी से ज़बरदस्ती बात करने के लिए कहते हैं ?"

मैंने पीछे टेक लगाकर कंधे सिकोड़ लिए और हाथ बगलों में दबाए बत्ती के

पास उड़ते कीड़े को देखने लगा। फिर सिर को ज़रा-सा झटककर मैंने उसकी तरफ देखा। वह उत्सुक नज़र से मेरी तरफ देख रही थी।

"मैं ?" मैंने मुसकराने की चेष्टा करते हुए कहा, "मुझे यह कहने का कभी मौका ही नहीं मिल पाता। मैं बल्कि पाँच साल से यह चाह रहा हूँ कि वह ज़रा कम बात किया करे। मैं समझता हूँ कि कई बार इंसान चुप रहकर ज़्यादा बात कह सकता है। ज़बान से कही बात में वह रस नहीं होता जो आँख की चमक से या होंठों के कंपन से या माथे की एक लकीर से कही गई बात में होता है। मैं जब उसे यह समझाना चाहता हूँ, तो वह मुझे विस्तारपूर्वक बता देती है कि ज़्यादा बात करना इंसान की निश्छलता का प्रमाण है और मैं इतने सालों में अपने प्रति उसकी भावना को समझ ही नहीं सका ! वह दरअसल कॉलेज में लेक्चरर है और अपनी आदत की वजह से घर में भी लेक्चर देती रहती है।"

"ओह !" वह थोड़ी देर दोनों हाथों में अपना मुँह छिपाए रही। फिर बोली, "ऐसा क्यों होता है, यह मेरी समझ में नहीं आता। मुझे दीशी से यही शिकायत है कि वे मेरी बात नहीं समझ पाते। मैं कई बार उनके बालों में अपनी उँगलियाँ उलझाकर उनसे बात करना चाहती हूँ, कई बार उनके घुटनों पर सिर रखकर मुँदी आँखों से उनसे कितना-कुछ कहना चाहती हूँ। लेकिन उन्हें यह सब अच्छा नहीं लगता। वे कहते हैं कि यह सब गुड़ियों का खेल है, उनकी पत्नी को जीता-जागता इंसान होना चाहिए। और मैं इंसान बनने की बहुत कोशिश करती हूँ, लेकिन नहीं बन पाती, कभी नहीं बन पाती। इन्हें मेरी कोई आदत अच्छी नहीं लगती। मेरा मन होता है कि चाँदनी रात में खेतों में घूमूँ, या नदी में पैर डालकर घंटों बैठी रहूँ, मगर ये कहते हैं कि ये सब आइडल मन की वृत्तियाँ हैं। इन्हें क्लब, संगीत-सभाएँ और डिनर-पार्टियाँ अच्छी लगती हैं। मैं इनके साथ वहाँ जाती हूँ तो मेरा दम घुटने लगता है। मुझे वहाँ ज़रा अपनापन महसूस नहीं होता। ये कहते हैं कि तू पिछले जन्म में मेढकी थी जो तुझे क्लब में बैठने की बजाय खेतों में मेढकों की आवाज़ें सुनना ज़्यादा अच्छा लगता है। मैं कहती हूँ कि मैं इस जन्म में भी मेढकी हूँ। मुझे बरसात में भीगना बहुत अच्छा लगता है। और भीगकर मेरा मन कुछ न कुछ गुनगुनाने को कहने लगता है—हालाँकि मुझे गाना नहीं आता। मुझे क्लब में सिगरेट के धुएँ में बैठे रहना अच्छा नहीं लगता। वहाँ मेरे प्राण गले को आने लगते हैं।"

उस थोड़े-से समय में ही मुझे उसके चेहरे का उतार-चढ़ाव काफी परिचित लगने लगा था। उसकी बात सुनते हुए मेरे मन पर हलकी उदासी छाने लगी थी, हालाँकि मैं जानता था कि वह कोई भी बात मुझसे नहीं कह रही—वह अपने से

बात करना चाहती है और मेरी मौजूदगी उसके लिए सिर्फ एक बहाना है। मेरी उदासी भी उसके लिए न होकर अपने लिए थी, क्योंकि बात उससे करते हुए भी मुख्य रूप से मैं सोच अपने विषय में रहा था। मैं पाँच साल से मंज़िल दर मंज़िल विवाहित जीवन से गुज़रता आ रहा था—रोज़ यही सोचते हुए कि शायद आने वाला कल ज़िंदगी के इस ढाँचे को बदल देगा। सतह पर हर चीज़ ठीक थी, कहीं कुछ गलत नहीं था, मगर सतह से नीचे जीवन कितनी-कितनी उलझनों और गाँठों से भरा था ! मैंने विवाह के पहले दिनों में ही जान लिया था कि नलिनी मुझसे विवाह करके सुखी नहीं हो सकी, क्योंकि मैं उसकी कोई भी महत्त्वाकांक्षा पूरी करने में सहायक नहीं हो सकता। वह एक भरा-पूरा घर चाहती थी, जिसमें उसका शासन हो और ऐसा सामाजिक जीवन जिसमें उसे महत्त्व का दर्जा प्राप्त हो। वह अपने से स्वतंत्र अपने पति के मानसिक जीवन की कल्पना नहीं करती थी। उसे मेरी भटकने की वृत्ति और साधारण का मोह मानसिक विकृतियाँ लगती थीं, जिन्हें वह अपने अधिक स्वस्थ जीवन-दर्शन से दूर करना चाहती थी। उसने इस विश्वास के साथ जीवन आरंभ किया था कि वह मेरी त्रुटियों की क्षतिपूर्ति करती हुई बहुत शीघ्र मुझे सामाजिक दृष्टि से सफल व्यक्ति बनने की दिशा में ले जाएगी। उसकी दृष्टि में यह मेरे संस्कारों का दोष था जो मैं इतना अंतर्मुख रहता था और इधर-उधर मिल-जुलकर आगे बढ़ने का प्रयत्न नहीं करता था। वह इस परिस्थिति को सुधारना चाहती थी, पर परिस्थिति सुधरने की जगह बिगड़ती गई थी। वह जो कुछ चाहती थी, वह मैं नहीं कर पाता था और जो कुछ मैं चाहता था, वह उससे नहीं होता था। इससे हममें अकसर चख़-चख़ होने लगती थी और कई बार दीवारों से सिर टकराने की नौबत आ जाती थी। मगर यह सब हो चुकने पर नलिनी बहुत जल्दी स्वस्थ हो जाती थी और उसे फिर मुझसे यह शिकायत होती थी कि मैं दो-दो दिन अपने को उन साधारण घटनाओं के प्रभाव से मुक्त क्यों नहीं कर पाता। मगर मैं दो-दो दिन क्या, कभी उन घटनाओं के प्रभाव से मुक्त नहीं हो पाता था, और रात को जब वह सो जाती थी, तो घंटों तकिए में मुँह छिपाए कराहता रहता था। नलिनी आपसी झगड़े को उतना अस्वाभाविक नहीं समझती थी, जितना मेरे रात-भर जागने को, और उसके लिए मुझे नर्व टॉनिक लेने की सलाह दिया करती थी। विवाह के पहले दो वर्ष इसी तरह बीते थे और उसके बाद हम अलग-अलग जगह काम करने लगे थे। हालाँकि समस्या ज्यों की त्यों बनी थी, और जब भी हम इकट्ठे होते, वही पुरानी ज़िंदगी लौट आती थी, फिर भी नलिनी का यह विश्वास अभी कम नहीं हुआ था कि कभी न कभी मेरे सामाजिक संस्कारों का उदय

अवश्य होगा और तब हम साथ रहकर सुखी विवाहित जीवन व्यतीत कर सकेंगे।

"आप कुछ सोच रहे हैं ?" उस स्त्री ने अपनी बच्ची के सिर पर हाथ फेरते हुए पूछा।

मैंने सहसा अपने को सहेजा और कहा, "हाँ, मैं आप ही की बात को लेकर सोच रहा था। कुछ लोग होते हैं, जिनसे दिखावटी शिष्टाचार आसानी से नहीं ओढ़ा जाता। आप भी शायद उन्हीं लोगों में से हैं।"

"मैं नहीं जानती," वह बोली, "मगर इतना जानती हूँ कि मैं बहुत-से परिचित लोगों के बीच अपने को अपरिचित, बेगाना और अनमेल अनुभव करती हूँ। मुझे लगता है कि मुझमें ही कुछ कमी है। मैं इतनी बड़ी होकर भी वह कुछ नहीं जान-समझ पाई, जो लोग छुटपन में ही सीख जाते हैं। दीशी का कहना है कि मैं सामाजिक दृष्टि से बिलकुल मिसफिट हूँ।"

"आप भी यही समझती हैं ?" मैंने पूछा।

"कभी समझती हूँ, कभी नहीं भी समझती," वह बोली, "एक खास तरह के समाज में मैं ज़रूर अपने को मिसफिट अनुभव करती हूँ। मगर...कुछ ऐसे लोग भी हैं जिनके बीच जाकर मुझे बहुत अच्छा लगता है। ब्याह से पहले मैं दो-एक बार कॉलेज की पार्टियों के साथ पहाड़ों पर घूमने के लिए गई। वहाँ सब लोगों को मुझसे यही शिकायत होती थी कि मैं जहाँ बैठ जाती हूँ, वहीं की हो सकती हूँ। मुझे पहाड़ी बच्चे बहुत अच्छे लगते थे। मैं उनके घर के लोगों से भी बहुत जल्दी दोस्ती कर लेती थी। एक पहाड़ी परिवार की मुझे आज तक याद है। उस परिवार के बच्चे मुझसे इतना घुल-मिल गए थे कि मैं बड़ी मुश्किल से उन्हें छोड़कर उनके यहाँ से चल पाई थी। मैं कुल दो घंटे उन लोगों के पास रही थी। दो घंटे में मैंने उन्हें नहलाया-धुलाया भी, और उनके साथ खेलती भी रही। बहुत ही अच्छे बच्चे थे। हाय, उनके चेहरे इतने लाल थे कि क्या कहूँ ! मैंने उनकी माँ से कहा कि वह अपने छोटे लड़के किशनू को मेरे साथ भेज दे। वह हँसकर बोली कि तुम सभी को ले जाओ, यहाँ कौन इनके लिए मोती रखे हैं ! यहाँ तो दो साल में इनकी हड्डियाँ निकल आएँगी, वहाँ खा-पीकर अच्छे तो रहेंगे। मुझे उसकी बात सुनकर रुलाई आने को हुई।...मैं अकेली होती, तो शायद कई दिनों के लिए उन लोगों के पास रह जाती। ऐसे लोगों में जाकर मुझे बहुत अच्छा लगता है।...अब तो आपको भी लग रहा होगा कि कितनी अजीब हूँ मैं ! ये कहा करते हैं कि मुझे किसी अच्छे मनोविद् से अपना विश्लेषण कराना चाहिए, नहीं तो किसी दिन मैं पागल होकर पहाड़ों पर भटकती फिरूँगी !"

"यह तो अपनी-अपनी बनावट की बात है," मैंने कहा, "मुझे खुद आदिम संस्कारों के लोगों के बीच रहना बहुत अच्छा लगता है। मैं आज तक एक जगह घर बनाकर नहीं रह सका और न ही आशा है कि कभी रह सकूँगा। मुझे अपनी ज़िंदगी की जो रात सबसे ज़्यादा याद आती है, वह रात मैंने पहाड़ी गूजरों की एक बस्ती में बिताई थी। उस रात उस बस्ती में एक ब्याह था, इसलिए सारी रात वे लोग शराब पीते और नाचते-गाते रहे। मुझे बहुत हैरानी हुई जब मुझे बताया गया कि वही गूजर दस-दस रुपए के लिए आदमी का खून भी कर देते हैं !"

"आपको सचमुच इस तरह की ज़िंदगी अच्छी लगती है ?" उसने कुछ आश्चर्य और अविश्वास के साथ पूछा।

"आपको खुशी हो रही है कि पागल होने की उम्मीदवार आप अकेली ही नहीं हैं।" मैंने मुसकराकर कहा। वह भी मुसकराई। उसकी आँखें सहसा भावनापूर्ण हो उठीं। उस एक क्षण में मुझे उन आँखों में न जाने कितना-कुछ दिखाई दिया—करुणा, क्षोभ, ममता, आर्द्रता, ग्लानि, भय, असमंजस और स्नेह ! उसके होंठ कुछ कहने के लिए काँपे, लेकिन काँपकर ही रह गए। मैं भी चुपचाप उसे देखता रहा। कुछ क्षणों के लिए मुझे महसूस हुआ कि मेरा दिमाग बिलकुल खाली है और मुझे पता नहीं कि मैं क्या कह रहा था और आगे क्या कहना चाहता था। सहसा उसकी आँखों में फिर वही सूनापन भरने लगा और क्षण-भर में ही वह इतना बढ़ गया कि मैंने उसकी तरफ से आँखें हटा लीं।

बत्ती के पास उड़ता कीड़ा उसके साथ सटकर झुलस गया था।

बच्ची नींद में मुसकरा रही थी।

खिड़की के शीशे पर इतनी धुंध जम गई थी कि उसमें अपना चेहरा भी दिखाई नहीं देता था।

गाड़ी की रफ्तार धीमी हो रही थी। कोई स्टेशन आ रहा था। दो-एक बत्तियाँ तेज़ी से निकल गईं। मैंने खिड़की का शीशा उठा दिया। बाहर से आती बर्फानी हवा के स्पर्श ने स्नायुओं को थोड़ा सचेत कर दिया। गाड़ी एक बहुत नीचे प्लेटफार्म के पास आकर खड़ी हो रही थी।

"यहाँ कहीं थोड़ा पानी मिल जाएगा ?"

मैंने चौंककर देखा कि वह अपनी टोकरी में से काँच का गिलास निकालकर अनिश्चित भाव से हाथ में लिए है। उसके चेहरे की रेखाएँ पहले से गहरी हो गई थीं।

"पानी आपको पीने के लिए चाहिए ?" मैंने पूछा।

"हाँ। कुल्ला करूँगी और पिऊँगी भी। न जाने क्यों होंठ कुछ चिपक-से रहे

हैं। बाहर इतनी ठंड है, फिर भी··· ।"

"देखता हूँ, अगर यहाँ कोई नल-वल हो, तो··· ।"

मैंने गिलास उसके हाथ से ले लिया और जल्दी से प्लेटफार्म पर उतर गया। न जाने कैसा मनहूस स्टेशन था कि कहीं पर भी कोई इंसान नज़र नहीं आ रहा था। प्लेटफार्म पर पहुँचते ही हवा के झोंकों से हाथ-पैर सुन्न होने लगे। मैंने कोट के कालर ऊँचे कर लिए। प्लेटफार्म के जँगले के बाहर से फैलकर ऊपर आए दो-एक पेड़ हवा में सरसरा रहे थे। इंजन के भाप छोड़ने से शूँ-शूँ की आवाज़ सुनाई दे रही थी। शायद वहाँ गाड़ी सिग्नल न मिलने की वजह से रुक गई थी।

दूर कई डिब्बे पीछे एक नल दिखाई दिया, तो मैं तेज़ी से उस तरफ चल दिया। ईंटों के प्लेटफार्म पर अपने जूते का शब्द मुझे बहुत अजीब-सा लगा। मैंने चलते-चलते गाड़ी की तरफ देखा। किसी खिड़की से कोई चेहरा बाहर नहीं झाँक रहा था। मैं नल के पास जाकर गिलास में पानी भरने लगा। तभी हलकी-सी सीटी देकर गाड़ी एक झटके के साथ चल पड़ी। मैं भरा हुआ पानी का गिलास लिए अपने डिब्बे की तरफ दौड़ा। दौड़ते हुए मुझे लगा कि मैं उस डिब्बे तक नहीं पहुँच पाऊँगा और सर्दी में उस अँधेरे और सुनसान प्लेटफार्म पर ही मुझे बिना सामान के रात बितानी होगी। यह सोचकर मैं और तेज़ दौड़ने लगा। किसी तरह अपने डिब्बे के बराबर पहुँच गया। दरवाज़ा खुला था और वह दरवाज़े के पास खड़ी थी। उसने हाथ बढ़ाकर गिलास मुझसे ले लिया। फुटबोर्ड पर चढ़ते हुए एक बार मेरा पैर ज़रा-सा फिसला, मगर अगले ही क्षण मैं स्थिर होकर खड़ा हो गया। इंजन तेज़ होने की कोशिश में हलके-हलके झटके दे रहा था और ईंटों के प्लेटफार्म की जगह अब नीचे अस्पष्ट गहराई दिखाई देने लगी थी।

"अंदर आ जाइए।" उसके ये शब्द सुनकर मुझे एहसास हुआ कि मुझे फुटबोर्ड से आगे भी कहीं जाना है। डिब्बे के अंदर कदम रखा, तो मेरे घुटने ज़रा-ज़रा काँप रहे थे।

अपनी जगह पर आकर मैंने टाँगें सीधी करके पीछे टेक लगा ली। कुछ पल बाद आँखें खोलीं तो लगा कि वह इस बीच मुँह धो आई है। फिर भी उसके चेहरे पर मुर्दनी-सी छा रही थी। मेरे होंठ सूख रहे थे, फिर भी मैं थोड़ा मुसकराया।

"क्या बात है, आपका चेहरा ऐसा क्यों हो रहा है ?" मैंने पूछा।

"मैं कितनी मनहूस हूँ···," कहकर उसने अपना निचला होंठ ज़रा-सा काट लिया।

"क्यों ?"

"अभी मेरी वजह से आपको कुछ हो जाता···।"

"यह खूब सोचा आपने !"

"नहीं। मैं हूँ ही ऐसी···," वह बोली, "ज़िंदगी में हर एक को दुःख ही दिया है। अगर कहीं आप न चढ़ पाते···।"

"तो ?"

"तो ?" उसने होंठ ज़रा सिकोड़े, "तो मुझे पता नहीं···पर···।"

उसने खामोश रहकर आँखें झुका लीं। मैंने देखा कि उसकी साँस जल्दी-जल्दी चल रही है। महसूस किया कि वास्तविक संकट की अपेक्षा कल्पना का संकट कितना बड़ा और खतरनाक होता है। शीशा उठा रहने से खिड़की से ठंडी हवा आ रही थी। मैंने खींचकर शीशा नीचे कर दिया।

"आप क्यों गए थे पानी लाने के लिए ? आपने मना क्यों नहीं कर दिया ?" उसने पूछा।

उसके पूछने के लहजे से मुझे हँसी आ गई।

"आप ही ने तो कहा था···।"

"मैं तो मूर्ख हूँ, कुछ भी कह देती हूँ। आपको तो सोचना चाहिए था।"

"अच्छा, मैं अपनी गलती मान लेता हूँ।"

इससे उसके मुरझाए होंठों पर भी मुसकराहट आ गई।

"आप भी कहेंगे, कैसी लड़की है," उसने आंतरिक भाव के साथ कहा। "सच कहती हूँ, मुझे ज़रा अक्ल नहीं है। इतनी बड़ी हो गई हूँ, पर अक्ल रत्ती-भर नहीं है—सच !"

मैं फिर हँस दिया।

"आप हँस क्यों रहे हैं ?" उसके स्वर में फिर शिकायत का स्पर्श आ गया।

"मुझे हँसने की आदत है !" मैंने कहा।

"हँसना अच्छी आदत नहीं है।"

मुझे इस पर फिर हँसी आ गई।

वह शिकायत-भरी नज़र से मुझे देखती रही।

गाड़ी की रफ्तार फिर तेज़ हो रही थी। ऊपर की बर्थ पर लेटा आदमी सहसा हड़बड़ाकर उठ बैठा और ज़ोर-ज़ोर से खाँसने लगा। खाँसी का दौरा शांत होने पर उसने कुछ पल छाती को हाथ से दबाए रखा, फिर भारी आवाज़ में पूछा, "क्या बजा है ?"

"पौने बारह।" मैंने उसकी तरफ देखकर उत्तर दिया।

"कुल पौने बारह ?" उसने निराश स्वर में कहा और फिर लेट गया। कुछ ही देर में वह फिर खर्राटे भरने लगा।

"आप भी थोड़ी देर सो जाइए।" वह पीछे टेक लगाए शायद कुछ सोच रही थी या केवल देख रही थी।

"आपको नींद आ रही है, आप सो जाइए।" मैंने कहा।

"मैंने आपसे कहा था न, मुझे गाड़ी में नींद नहीं आती। आप सो जाइए।"

मैंने लेटकर कंबल ले लिया। मेरी आँखें देर तक ऊपर की बत्ती को देखती रहीं जिसके साथ झुलसा हुआ कीड़ा चिपककर रह गया था।

"रजाई भी ले लीजिए, काफी ठंड है।" उसने कहा।

"नहीं, अभी ज़रूरत नहीं है। मैं बहुत-से गर्म कपड़े पहने हूँ।"

"ले लीजिए, नहीं बाद में ठिठुरते रहिएगा।"

"नहीं, ठिठरूँगा नहीं," मैंने कंबल गले तक लपेटते हुए कहा, "और थोड़ी-थोड़ी ठंड महसूस होती रहे, तो अच्छा लगता है।"

"बत्ती बुझा दूँ ?" कुछ देर बाद उसने पूछा।

"नहीं, रहने दीजिए।"

"नहीं, बुझा देती हूँ। ठीक से सो जाइए।" और उसने उठकर बत्ती बुझा दी। मैं काफी देर अँधेरे में छत की तरफ देखता रहा। फिर मुझे नींद आने लगी।

शायद रात आधी से ज़्यादा बीत चुकी थी, जब इंजन के भोंपू की आवाज़ से मेरी नींद खुली। वह आवाज़ कुछ ऐसी भारी थी कि मेरे सारे शरीर में एक झुरझुरी-सी भर गई। पिछले किसी स्टेशन पर इंजन बदल गया था।

गाड़ी धीरे-धीरे चलने लगी तो मैंने सिर थोड़ा ऊँचा उठाया। सामने की सीट खाली थी। वह स्त्री न जाने किस स्टेशन पर उतर गई थी। इसी स्टेशन पर न उतरी हो, यह सोचकर मैंने खिड़की का शीशा उठा दिया और बाहर देखा। प्लेटफार्म बहुत पीछे रह गया था और बत्तियों की कतार के सिवा कुछ साफ दिखाई नहीं दे रहा था। मैंने शीशा फिर नीचे खींच लिया। अंदर की बत्ती अब भी बुझी हुई थी। बिस्तर में नीचे को सरकते हुए मैंने देखा कि कंबल के अलावा मैं अपनी रजाई भी लिए हूँ, जिसे अच्छी तरह कंबल के साथ मिला दिया गया था। गरमी की कई-एक सिहरनें एक साथ शरीर में भर गईं।

ऊपर की बर्थ पर लेटा आदमी अब भी उसी तरह ज़ोर-ज़ोर से खर्राटे भर रहा था। ●

क्लेम

अड्डे से ताँगा चला, तो उसमें कुल तीन ही सवारियाँ थीं। दूर से बस आती दिखाई न दे जाती, तो साधुसिंह कुछ देर और अभी चौथी सवारी का इंतज़ार करता। पर बस के आते ही ताँगे में बैठी सवारियाँ उतरकर बस में चली जाती थीं, इसलिए बस के अड्डे पर पहुँचने से पहले ही ताँगा निकाल लेना ज़रूरी हो जाता था। बस के आने तक सवारियाँ कितनी ही उतावली मचाएँ, वह पूरी चार सवारियाँ लिए बिना अड्डे से बाहर नहीं निकलता था। बस कचहरी से मॉडल टाउन के पाँच पैसे लेती थी, इसलिए ताँगे भी पाँच-पाँच पैसे में ही जाते थे। पूरी सवारियाँ हों तो कहीं पाँच आने पैसे बनते थे। नहीं तो घोड़े को सवा मील दौड़ाकर भी दस या पंद्रह पैसे ही हाथ आते थे। आज सुबह से उसने मॉडल टाउन के तीन फेरे लगाए थे मगर अभी उसकी जेब में सत्रह आने भी जमा नहीं हुए थे। जून की चिलचिलाती धूप में वैसे ही घोड़े का दम निकल रहा था, इसलिए दस-दस पैसे के लिए उसे दौड़ाना अक्लमंदी नहीं थी। मगर इसके सिवा कोई चारा भी नहीं था। गरमी में सवारी ऐसे ही कम निकलती थी, फिर मुकाबिला बस से था जो कचहरी से मॉडल टाउन पहुँचने में पाँच मिनट भी नहीं लेती थी।

"चल अफसरा, चल, तेरे सदके, चल !" वह खड़ा होकर लगाम को घुमाता हुआ उससे चाबुक का काम लेने लगा। धोबी मोहल्ला पार करने तक उसे आशा थी कि शायद रास्ते में कोई सवारी मिल जाए। मगर ड्योढ़ियों में ऊँघती दो-एक धोबिनों को छोड़कर सारा मोहल्ला सुनसान था। मोहल्ले से निकलकर उसने लगाम ढीली छोड़ दी और वज़न बराबर करने के लिए खुद बाँस पर बैठ गया।

पीछे से बस आ रही थी, इसलिए पिछली सीट पर बैठी स्त्री झल्लाने लगी। "बैठाते वक्त तो मिन्नत-तरला करके बैठा लेते हैं, और चलाते इस तरह हैं जैसे सड़क का मुआइना करने निकले हों। इतनी ही देर लगानी थी, तो हमसे पहले कह देते, हम बस में बैठ जाते। हमें इतना ज़रूरी काम है, नहीं तो हमें इतनी गरमी में घर से निकलने की क्या पड़ी थी ?"

साधुसिंह उचककर बाँस पर ज़रा और आगे हो गया और जल्दी-जल्दी लगाम

को झटकने लगा। "चल, तुझे ठंड पड़े, तेरी जवानी के सदके, चल-चल गोली की चाल, माई-बीबी नाराज़ हो रही हैं। चला चल तेरी खैर, अफसरा ! मार दे हल्ला ! ताक् !"

मगर लगाम के झटके खाकर भी अफसर की चाल तेज़ नहीं हुई। वह दो बार इधर-उधर सिर झटककर अपनी चाल चलता रहा। बस हॉर्न बजाती पीछे से आई और धूल का बवंडर छोड़कर आगे निकल गई।

"देखा, निकल गई न बस ? कहता था बस से पहले पहुँचाऊँगा !" वह स्त्री फिर बोली।

साधुसिंह जवाब न देकर लगाम को झटकता रहा और अफसर लगाम की परवाह किए बिना अपनी चाल चलता रहा।

सवा मील कोई ज़्यादा रास्ता नहीं था। सूरज ढलने के बाद यही रास्ता चुटकियों में पार हो जाता था। मगर उस वक्त भरी दोपहर थी और आसपास कहीं छाया नज़र आती भी थी तो बहुत सिमटी-सिमटी और वीरान-सी ! कोलतार की सड़क जगह-जगह से पिघल गई थी। आसपास के डेढ़-डेढ़ आदमी गहरे छप्पड़ सूख गए थे। साधुसिंह सोचने लगा कि अभी तो गरमी की शुरुआत ही है, आगे चलकर जाने क्या होगा ?

"चल राजा, चल पुतरा, तेरी जान की खैर, तेरी सलामती की बरकत, खा जा गम और चलाचल गोली की चाल, तेरी माँ के दूध की खैर···!"

ताँगे में बैठी तीनों सवारियाँ क्लेम्ज़ के दफ्तर की थीं। आगे बैठा सरदार कह रहा था कि उसका साठ हज़ार का क्लेम मंजूर हुआ है, जिसमें से आधा पैसा उसे नकद मिलेगा और आधा जायदाद की शक्ल में। पीछे बैठी स्त्री रो रही थी कि बेड़ा गर्क हो क्लेम मंजूर करने वालों का, जो उसका सिर्फ अट्ठारह हज़ार का क्लेम मंजूर किया गया है···गुजराँवाला में उनके चार मकान थे और एक साढ़े तीन कनाल का बागीचा था। बागीचा चार कनाल का होता, तो उन्हें ज़्यादा रुपया मिलता। अगर उन्हें पहले पता होता, तो वे आधा कनाल ज़्यादा लिख देते···वे अपनी सचाई में मारे गए। घर में उसकी दो जवान लड़कियाँ हैं, जिन्हें अकेली छोड़कर उसे रोज़-रोज़ बटाला से जालंधर के चक्कर काटने पड़ते हैं। इसी तरह चक्कर काटते-काटते उसके पति की मृत्यु हो गई और वह खुद भी बीमार रहने लगी है।

"पता नहीं, मुझे अपने जीते-जी इन कसाइयों का पैसा देखने को मिलेगा या नहीं ? मुझे तो लगता है कि मैं भी इसी में मर-खप जाऊँगी, और मेरे बच्चे

पीछे बिलखते रहेंगे।" उसका लहजा ऐसा था जैसे वह बात न करके किसी से फरियाद कर रही है। चेहरे के भाव से लगता था, जैसे अभी-अभी उसे कोई सदमा पहुँचा हो।

उसी सीट पर उस स्त्री के साथ व्यक्ति माथे पर त्योरियाँ डाले खामोश बैठा था।

"माईजी, अट्ठारह हज़ार में से अभी कुछ मिला भी है या नहीं ?" आगे बैठे सरदार ने सहानुभूति के स्वर में पूछ लिया।

"कुल छह हज़ार मिला है अभी।" वह स्त्री बोली, "मेरा बाल-बच्चों वाला घर है। छह हज़ार से मेरा बनता क्या है ? मेरे बच्चे अच्छा खाने-पहनने के आदी हैं। उन पर छह-छह हज़ार एक महीने में खर्च होते थे। और कहते हैं यह रुपया भी विधवा होने के कारण मुझे जल्दी मिल गया है। इतना देकर भी उन्होंने मुझ पर एहसान किया है !" और वह पल्ले से आँखें पोंछने लगी।

खामोश बैठा व्यक्ति सरदार की तरफ मुड़ा और धिक्कारने की-सी आवाज़ गले से निकालकर बोला, "सच कहते हैं, औरतों की अक्ल टखनों में होती है !"

"क्यों भाई, मैंने तेरा क्या बिगाड़ा है जो तू मुझे गालियाँ दे रहा है ?" स्त्री आँसू पोंछती हुई सहसा तमक उठी। मैं तुझसे तेरी ज़मीन-जायदाद तो नहीं माँग रही। अपना जो कुछ छोड़ आई हूँ, उसी का रोना रो रही हूँ।"

"तू अकेली नहीं छोड़ आई, हम सब अपने घर-बार पीछे छोड़ आए हैं। शुक्र कर तुझे छह हज़ार तो मिल गए हैं। यहाँ हम जैसे भी हैं जिन्हें आज तक एक पाई नहीं मिली। हमारा कसूर यही है कि मियाँ-बीवी दोनों सलामत हैं। मैं अगर मर-खप गया होता, तो मेरे बच्चों को भी अब तक दो रोटियाँ नसीब हो जातीं। आँखें मेरी अंधी हो रही हैं, जोड़ मेरे दर्द करते हैं—मैं जीता हुआ भी क्या मुर्दों से बेहतर हूँ ? मगर सरकार के घर में ऐसा अंधेर है कि लोग इंसान की ज़रूरत को नहीं देखते, बस जीते और मरे हुए का हिसाब करते हैं। मुझे आज ये एक हज़ार ही दे दें तो मैं कोई छोटी-मोटी दुकान डालकर बैठ जाऊँ। मेरे बच्चों के पास तो एक-एक फटी हुई कमीज़ भी नहीं हैं।"

"अपनी-अपनी तकदीर की बात है भाई साहब, कोई किसी दूसरे की तकदीर थोड़े ही ले सकता है ?" सरदार मध्यस्थता करता हुआ बोला, "हम और आप भी दुखी हैं, और यह भाई भी दुखी है—कौन यहाँ दुखी नहीं है ? कोई कम दुखी है, कोई ज़्यादा दुखी है।"

"आपको साठ हज़ार मिल रहे हैं, आपको किस चीज़ का दुख है ?" वह

व्यक्ति अब और कुढ़ गया।

"मिल रहे हैं, यह भी तकदीर की बात है," सरदार बोला, "क्लेम भरते हमें अक्ल आ गई, उसी का फल समझिए। नहीं हमें भी ये दस-बीस हज़ार देकर टरका देते।"

"आपने क्लेम ज़्यादा का भरा था ?"

"हमारी डेढ़ लाख की जायदाद थी। मगर हमें पता था कि असली क्लेम भरेंगे तो कुछ भी पल्ले नहीं पड़ेगा। सो वाहे गुरु का नाम लेकर हमने इस तरह फार्म भरा कि जायदाद की असली कीमत तो कम से कम वसूल हो ही जाए। मगर इन बेईमानों ने फिर भी कुल साठ हज़ार का ही क्लेम मंजूर किया है। हम छह भाई हैं—दस-दस हज़ार लेकर बैठे रहेंगे।"

"मैं इनसे कितना कहती रही, पर इन्होंने मेरी एक न सुनी !" स्त्री हताश भाव से हाथ मलने लगी।

दोनों व्यक्ति सवालिया नज़र से उसे देखते रहे।

"मैं कहती रही कि जितना छोड़ आए हो, उससे ज़्यादा का क्लेम भरो। मगर ये ऐसे मूरख थे कि हट पकड़े रहे कि जितना था, उतने का ही क्लेम भरेंगे—पहले ही इतने दुःख उठाए हैं, अब और बेईमानी क्या करें ? आज ये मेरे सामने होते, तो मैं पूछती कि बताओ, बेईमानी करने वाले सुखी हैं या हम लोग सुखी हैं ? लोगों ने जितना छोड़ा था, उसका दुगुना-तिगुना वसूल कर लिया, और मैं बैठी हूँ छह हज़ार लेकर !...हाय, इन लोगों ने तो मेरे बच्चों को भूखों मार दिया !" और अब वह ज़ोर-ज़ोर से रोने लगी।

उसके साथ बैठे व्यक्ति ने दूसरी तरफ मुँह करके माथे पर हाथ रख लिया ! सरदार फिर सहानुभूति प्रकट करने लगा, "रोने से कुछ नहीं होता माई ! जो लिखा है, उसी से संतोष कर।"

"संतोष करने को एक मैं ही रह गई हूँ ? सारी दुनिया मौज करे और मैं संतोष करके बैठी रहूँ ?" और वह रोती रही।

"जल्दी पहुँचा भाई, इतना आहिस्ता क्यों चला रहा है ?" माई के साथ बैठा व्यक्ति उतावला होकर बोला।

साधुसिंह झुँझलाकर बार-बार लगाम को झटके दे रहा था, मगर घोड़े की चाल में फर्क नहीं आ रहा था। अब वह लगाम का सिरा ज़ोर-ज़ोर से उसकी पीठ पर मारने लगा। "तेरी अफसर की ऐसी की तैसी ! तेरी पूँछ पर तितैया काटे ! चल पुतरा, जल्दी !"

मगर तितैया के डर से भी अफसर की चाल तेज़ नहीं हुई।

क्लेम्ज़ के दफ्तर के बाहर उन लोगों को उतारकर लौटते हुए साधुसिंह को एक भी सवारी नहीं मिली। वह काफी देर मार्केट के मोड़ के पास रुका रहा, मगर तीनों सड़कों में से किसी पर भी उस वक्त कोई इंसान चलता दिखाई नहीं दे रहा था। तेरह नंबर दुकान के साए में दो-एक रिक्शा वाले सोए थे। तेरह नंबर का सरदार अंदर बर्फ कूट रहा था। साधुसिंह का मन हुआ कि सरदार से एक गिलास शिकंजवी बनवाकर पी ले और कुछ देर रिक्शा वालों के पास ही एक तरफ लेटा रहे। मगर ताँगा खड़ा करने के लिए वहाँ कोई छायादार जगह नहीं थी और न ही नज़दीक कोई चहबच्चा था, जहाँ से घोड़े को पानी पिला सकता। घोड़ा गरमी के मारे हूँक रहा था और बार-बार ज़बान बाहर निकाल रहा था। साधुसिंह की जेब में जो सत्रह आने थे वे भी हिसाब से उसके अपने नहीं थे। घोड़े के लिए चारा खरीदने के लिए ही उसे कम से कम दो रुपए चाहिए थे। उसने ज़बान से होंठों को गीला किया और घोड़े का रुख शहर की तरफ करा दिया।

लंबी-सीधी, वीरान सड़क पर वह अकेला ताँगा चला रहा था। आसपास के पेड़ भी गरमी से परेशान सिर झुकाए खड़े थे। फिर भी न जाने किन झुरमुटों में बैठी कुछ चिड़ियाँ बोल रही थीं—चिचिचि···चिचि···ह्विश्···च्यु-यु-यु-यू-यु···चिचि-चि···चिचि···!

साधुसिंह लगाम ढीली छोड़कर पिछली सीट पर अधलेटा-सा हो रहा। उसका मन उस समय उस आम के पेड़ की डालों के गिर्द मँडरा रहा था, जो उसने बड़े चाव से अपने पत्तोकी के घर के आँगन में लगाया था। नौ रुपए महीने का वह मकान बरसों के परिचय के कारण अपना मकान ही लगता था। हीराँ ने कितनी ही बार कहा था कि पराए घर में पेड़ लगा रहे हो, पाल-पोसकर एक दिन दूसरों के लिए छोड़ जाओगे ! मगर तब यह कहाँ सोचा था कि वह घर इस तरह छूटेगा कि ज़िंदगी-भर उसके पास से गुज़रना तक नसीब न होगा !

आम का पेड़ इन दिनों खूब फल रहा होगा।···और हीराँ ?

उस साल पेड़ पर पहली बार फल आया था। फल आने की खुशी में उसने न जाने कितनी कच्ची अँबियाँ खा डाली थीं।

"क्यों जान-बूझकर दाँत खट्टे करते हो ?" हीराँ चिढ़ती।

"यह अपने पेड़ का फल है, जानी ! इसे खाकर दाँत खट्टे नहीं होते।"

और हीराँ के अधखिले यौवन को वह गाढ़े आलिंगन में समेट लेता।

आम हरे से पीले और पीले से सुर्ख हो आए थे, जब बलवा शुरू हुआ।

पत्तोकी की हर गली में खून बहने लगा। आधी रात को बलवई उनके मोहल्ले में घुस आए। जब उनके घर का दरवाज़ा तोड़ा गया, तो वह हीराँ को साथ सटाए दम साधकर चारपाई पर पड़ा था। उन्होंने जल्दी से पिछवाड़े की तरफ कूद जाने का निश्चय किया। वह तो झट से कूद गया, मगर हीराँ दो बार उचककर भी कूद नहीं पाई। और इससे पहले कि वह फिर एक बार साहस करती, किसी हाथ ने उसे पीछे खींच लिया।

अँधेरा, खेत और रेल की पटरियाँ···बेजान हाथ-पैर और भूख···टिकट, कूपन, कार्ड और नंबर···

नाम, साधुसिंह।

वल्द, मिलखासिंह।

कौम, खत्री।

ज़मीन-जायदाद, कोई नहीं।

रुपया-पैसा, कोई नहीं।

क्लेम···?

उसका वह आम का पेड़, जिसके पकने की उसने बेसब्री से इंतज़ार की थी और जिसकी अंबियाँ खा-खाकर वह अपने दाँत खट्टे करता रहा था—उस पेड़ की छाया में उसे भविष्य के जो साल बिताने थे···?

उस घर की अपनी एक खास तरह की गंध थी, जो कपड़ों की गाँठ से लेकर आँगन की दीवारों तक हर चीज़ में समाई रहती थी। वह गंध···?

और वे रातें जो आँगन में लेटकर आसमान की ओर ताकते हुए बीतनी थीं ?

और आने वाली ज़िंदगी के वे सब मनसूबे, जो उस घर की दहलीज़ के अंदर-बाहर जाते मन में उठा करते थे···?

"हीराँ, बता, पहले तेरे लड़का होगा या लड़की ?"

"हाय, शरम करो, कैसी बात करते हो ?"

"अच्छा, मैं बताऊँ ? पहले तेरे एक लड़की होगी, फिर दो लड़के होंगे, फिर एक लड़की होगी··· ।"

"चुप भी रहो, क्यों यूँ ही बके जाते हो ?"

"दूसरी लड़की पहली लड़की से···ज़्यादा खूबसूरत होगी। उसके तेरे जैसे ही मुलायम बाल होंगे, ऐसी ही बड़ी-बड़ी आँखें होंगी, और ठोढ़ी के पास यहीं एक तिल होगा··· ।"

"हाय, क्या करते हो ?"

"मैं उसके इसी तरह चिकुटी काटूँगा, और वह इसी तरह चीख उठेगी।"

वह स्पर्श···? वह सिहरन···? वह कल्पना···? वह भविष्य···? साधुसिंह, वल्द मिलखासिंह, कौम खत्री—नंबर···? क्लेम···?

आम का पेड़ अब बड़ा हो गया होगा। घर की दीवारों की गंध पहले से बदल गई होगी। और हीराँ···? आज उसकी गोद में न जाने किसके बच्चे होंगे ?

साधुसिंह सीधा होकर बैठ गया। ताँगा धोबी मोहल्ले में पहुँच गया था। चारों तरफ हर चीज़ अब भी ऊँघ रही थी। उसने लगाम को लगातार कई झटके दिए। घोड़े की गरदन थोड़ा ऊपर उठी, फिर उसी तरह झुक गई।

अड्डे पर पहुँचकर साधुसिंह ने घोड़े को चहबच्चे से पानी पिलाया और सीट के नीचे से चारा निकालकर उसके आगे डाल दिया। घोड़ा चारे में मुँह मारने लगा, और वह उसकी पीठ पर हाथ फेरने लगा।

"तेरी बरकत रही अफसरा, तो अपने पुराने दिन फिर आएँगे ! खा ले, अच्छी तरह पेट भर ले। अपने सब क्लेम तुझी को पूरे करने हैं, तेरी जान की खैर···"

और अफसरा गरदन लंबी किए चुपचाप चारा खाता रहा। ●

आर्द्रा

बचन को थोड़ी ऊँघ आ गई थी, पर खटका सुनकर वह चौंक गई। इरावती ड्योढ़ी का दरवाज़ा खोल रही थी। चपरासी गणेशन आ गया था। इसका मतलब था कि छह बज चुके थे। बचन के शरीर में ऊब और झुँझलाहट की झुरझुरी भर गई। बिन्नी न रात को घर आया था, न सुबह से अब तक उसने दर्शन दिए थे। इस लड़के की वजह से ही वह यहाँ परदेस में पड़ी थी, जहाँ न कोई उसकी ज़बान समझता था, न वह किसी की ज़बान समझती थी। एक इरावती ही थी, जिससे वह टूटी-फूटी हिंदी में बात कर लेती थी, हालाँकि उसकी पंजाबी हिंदी और इरावती की कोंकणी हिंदी में ज़मीन-आसमान का फर्क था। जब इरावती भी उसकी सीधे-सादे शब्दों में कही साधारण-सी बात को न समझ पाती, तो वह बुरी तरह अपनी विवशता के खेद से दब जाती। और इस लड़के को रत्ती चिंता नहीं थी कि माँ किस मुश्किल से दिन काटती है और किस बेसब्री से इसका इंतज़ार करती है। मन में आया, तो घर आ गए, नहीं तो जहाँ हुआ पड़ रहे।

एक मादा सूअर अपने छह बच्चों के साथ, जो अभी नौ-नौ इंच से बड़े नहीं हुए थे, कुएँ की तरफ से आ रही थी। तूत के बुड्ढे पेड़ के पास पहुँचकर उसने हुँफ्-हुँफ् करते हुए दों-तीन बार नाली को सूँघा और फिर पेड़ के नीचे कीचड़ में लोटने लगी। उसके साथ नन्हे आत्मज उसके उठने की राह देखते हुए वहीं आसपास मँडराते रहे।

दिन-भर गली में यही सिलसिला चलता था। आसपास के सभी घरों ने सूअर पाल रखे थे। उस बस्ती में लोगों के दो ही धंधे थे—सूअर पालना और नाजायज़ शराब निकालना। ये दोनों चीज़ें उनके रोज़ के खान-पान में शामिल थीं। बस्ती, सांता क्रुज़ हवाई अड्डे से कुल आधा मील के फासले पर थी, पर पुलिस की आँख वहाँ नहीं पहुँचती थी। मोनिका का बाप जेकब गली में ही भट्ठी लगाता था। वह गली का सबसे बड़ा पियक्कड़ था और अकसर पीकर गाता हुआ गली में चक्कर लगाया करता था : "ओ दैट आई हैड विंग्ज़ ऑफ एंजल्स, हियर टु स्प्रेड एण्ड हैवनवर्ड फ्लाऽऽई···।"

उस वक्त भी वह रोज़ की तरह कुएँ के मोड़ के पास लड़खड़ाता हुआ आ रहा था। उसके लफ्ज़ बचन की समझ से बाहर थे, मगर उसकी आवाज़ ही उसके दिल में दहशत पैदा करने के लिए काफी थी। "ओ दैट आई हैड विंग्ज़ ऑफ एंजल्स, हियर टु स्प्रेड एंड हैवनवर्ड फ़्लाऽऽई ! आई वुड सीक द गेट्स ऑफ़ सायन, फॉर बियांड द स्टाऽऽरी स्काऽऽई ! होइ-हो ! हो-हो-होऽऽ ! ओ दैट आई हैड विंग्ज़ ऑफ एंजल्स...!"

उसका चौड़ा चौकोर चेहरा वैसे ही भयानक था—अपने ढीले-ढाले काले सूट में वह और भी भयानक दिखाई देता था। चेचक के दागों और झुर्रियों से भरा उसका चेहरा दीमक खाई लकड़ी की तरह जान पड़ता था। दूर से ही उस आदमी की आवाज़ सुनकर बचन का दिल धड़कने लगता और वह अपना दरवाज़ा बंद कर लेती। उसने कितनी ही बार बिन्नी से कहा था कि वह उस बस्ती से मकान बदल ले, मगर वह हर बार यह कहकर टाल देता था कि बंबई की और किसी बस्ती में बीस रुपए महीने में मकान नहीं मिल सकता। बचन डर के मारे बिन्नी के आने तक लालटेन की लौ भी ज़्यादा ऊँची नहीं करती थी। अँधेरा बहुत बोझिल महसूस होता था, मगर वह मन मारे बैठी रहती थी।

लालटेन की चिमनी नीचे से आधी काली हो गई थी। बचन को उसे साफ करने का उत्साह नहीं हुआ। अँधेरा होने लगा, तो उसने जैसे फर्ज़ पूरा करने के लिए उसे जला दिया और एक अज्ञात देवता के सामने हाथ जोड़ने की प्रक्रिया पूरी करके घुटनों पर बाँहें रखे वहीं बैठी रही। सामने मोढ़े के नीचे लाली का कार्ड रखा था। वह अक्षरों की बनावट से परिचित थी, पर हज़ार आँखें गड़ाकर भी उनका अर्थ नहीं जान सकती थी। बिन्नी के सिवा हिंदी की चिट्ठी पढ़ने वाला वहाँ कोई नहीं था, हालाँकि बिन्नी से चिट्ठी पढ़वाकर भी उसे सुख नहीं मिलता था। वह लाली की चिट्ठी इस तरह पढ़कर सुनाता था जैसे वह उसके बड़े भाई की चिट्ठी न होकर गली के किसी गैर आदमी के नाम आई किसी नावाकिफ आदमी की चिट्ठी हो। दो मिनट में ही वह पहली सतर से लेकर आखिरी सतर तक सारी चिट्ठी गुन-गुन करके बाँच देता था, और फिर उसे कोने में फेंककर इधर-उधर की हाँकने लगता था। हर बार उससे चिट्ठी सुनकर वह कुढ़ जाती थी। पर बिन्नी उसे नाराज़ देखता, तो तरह-तरह की बातें बनाकर खुश कर लिया करता था।

उसे खुश होते देर नहीं लगती थी। बिन्नी इतना बड़ा होकर भी जब-तब उससे बच्चों की तरह लाड़ करने लगता था। कभी उसकी गोदी में सिर रखकर लेट जाता, और कभी उसके घुटनों से गाल सहलाने लगता। ऐसे क्षणों में उसका दिल

पिघल जाता और वह उसके बालों पर हाथ फेरती हुई उसे छाती से लगा लेती।

"माँ, तेरा छोटा लड़का कपूत है न ?" बिन्नी कहता।

"हा-ह," वह हटकने के स्वर में कहती। "तू कपूत है ? तू तो मेरा चन्न है !" और वह उसका माथा चूम लेती।

लेकिन अकसर वह बहुत तंग पड़ जाती थी। बहुत-सी रातें ऐसी गुज़रती थीं जब वह घर आता ही नहीं था। अँधेरे घर की छत उसे दबाने को आती थी और वह सारी-सारी रात करवटें बदलती रहती थी। ज़रा आँख झपक जाती, तो उसे बुरे-बुरे सपने दिखाई देने लगते। इसलिए कई बार कोशिश करके आँखें खुली रखती थी।

और बिन्नी आता, तो अपने में ही उलझा हुआ और व्यस्त-सा। वह समझ नहीं पाती थी कि उस लड़के को किस चीज़ की व्यस्तता रहती है। जहाँ तक कमाने का सवाल था, वह महीने में मुश्किल से साठ-सत्तर रुपए घर लाता था। कभी दस रुपए ज़्यादा ले आता, तो साथ अपनी माँगें सामने रख देता—'इस बार माँ, दो कमीज़ें सिल जाएँ और एक बढ़िया-सा जूता ले लिया जाए।' उसकी बातों से बचन के होंठों पर रूखी-सी मुसकराहट आ जाती थी। दस रुपए में ही उसे दुनिया-भर का सामान चाहिए ! और जब वह साठ से भी कम रुपए लाता, तो महीने-भर की बड़ी आसान-सी योजना उसके सामने पेश कर देता—'दूध-सब्ज़ी का नागा। दाल, प्याज़, खुश्क फुलके और बस !'

वह जानती थी कि ये रुपए भी वह ट्यूशन-ऊशन करके ले आता है, वरना सही माने में वह बेकार ही है। उसके दिल में बड़े-बड़े मनसूबे ज़रूर थे और उनका बखान करते वक्त वह छोटा-मोटा भाषण दे डालता था। मगर उन मनसूबों को पूरा करने के लिए जिस दुनिया की ज़रूरत थी, वह दुनिया अभी बनी नहीं थी। वह जोश से उँगलियाँ नचा-नचाकर कहता, 'माँ, जब वह दुनिया बन जाएगी, तो तुझे पता चलेगा कि तेरा नालायक बेटा कितना लायक है !'

'चुप कर खसम खाना !' वह प्रशंसा की नज़र से उसे देखती हुई कहती, 'बड़ा लायक एक तू ही है।'

'माँ, मेरी लियाकत मेरे पेट में बंद है !' वह हँसता। 'जिस तरह हिरन के पेट में कस्तूरी बंद होती है न, उसी तरह। जिस दिन वह खुलकर सामने आएगी, उस दिन तू अचंभे से देखती रह जाएगी।'

उसे बिन्नी की बातें सुनकर गर्व होता था। मगर जब वह लड़का बहुत गुमसुम और बंद-बंद-सा हो रहता, तो उसे उलझन होने लगती थी।

बिन्नी के साथ उसके अजीब-अजीब दोस्त घर आया करते थे। उन लोगों का शायद कोई ठौर-ठिकाना था ही नहीं, क्योंकि वे आते तो दो-दो दिन वहीं पड़े रहते थे, और खाने-पीने में किसी तरह का शरम-लिहाज़ नहीं बरतते थे। तवे से उतरती रोटी के लिए जब वे आपस में छीना-झपटी करने लगते, तो उसे मन में बहुत खुशी का अनुभव होता। मगर अकसर उसकी दाल की पतीली खाली हो जाती, और यह देखकर कि उन लोगों की भूख अभी बनी है, उसे घर की गरीबी अपना अपराध प्रतीत होती। ऐसे समय उसकी आँखों में नमी भर जाती और वह ध्यान बँटाने के लिए दूसरे काम करने लगती। वे लोग रूखी नमकीन रोटियों की फरमाइश करते, तो वह चुपचाप उन्हें बना देती। मगर उन्हें खिलाने का उसका सारा उत्साह तब तक समाप्त हो चुका होता।

और उन लोगों के बहस-मुबाहिसे कभी समाप्त नहीं होते थे। वे सब ज़ोर-ज़ोर से बोलते थे और इस तरह आपस में उलझ जाते थे जैसे उनकी बहस पर ही धरती और ईश्वर का दारोमदार हो। कई बार वे इतने गरम हो जाते थे कि लगता था, अभी एक-दूसरे को नोंच लेंगे, मगर सहसा उस उत्तेजना के बीच से एक कहकहा फूट पड़ता और वे उठ-उठकर एक-दूसरे से बगलगीर होने लगते। बिन्नी बचपन में बहुत खामोश लड़का था। अब उसे इस तरह हुड़दंग करते देखकर उसे हैरानी होती थी। कई-कई घंटे घर में तूफान मचा रहता था। उसके बाद फिर खामोशी छा जाती जो बहुत ही अस्वाभाविक और दम घोटने वाली महसूस होती। जब बिन्नी दो-दो दिन घर न आता, तो उस खामोशी के ओर-छोर गुम हो जाते और वह अपने को सदा से एक गहरे शून्य में घिरी हुई महसूस करती।

अँधेरा गहरा होने लगा और मोनिका का बाप जाकर अपने कमरे में बंद हो गया तो उसने फिर दरवाज़ा खोल लिया। मादा सूअर और उसके बच्चे अब सामने घर के अहाते में डेरा जमाए थे और एक मोटा सूअर नाली के पास हुँफ़्-हुँफ़् कर रहा था। हवा तेज़ हो गई थी, और तूत के बुड्ढे पेड़ की डालियाँ बुरी तरह हिल रही थीं। आसमान का जो छोर दिखाई देता था, वहाँ रह-रहकर बिजली चमक जाती थी। दो महीने से प्रायः रोज़ वर्षा हो रही थी। घर से कुएँ तक गली में कीचड़ ही कीचड़ रहता था। इस कीचड़ के लिए बचन को लड़के-लड़कियों की उन टोलियों से शिकायत थी जो वर्षा शुरू होने से पहले आधी-आधी रात तक गली में घूमती हुई ऊँचे स्वर में ईश्वर से पानी बरसाने के लिए प्रार्थना किया करती थीं। अब जैसे उन्हीं की वजह से सारा दिन गली में चिपड़-चिपड़ होती रहती थी।

ड्योढ़ी के दरवाज़े पर फिर दस्तक हुई। इरावती ने दरवाज़ा खोल दिया और

बिन्नी मुसकराता हुआ उधर से अंदर आ गया।

"आगे की तरफ बहुत कीचड़ है भाभी, माफ करना," कहता हुआ वह अपने कमरे में आ गया। इरावती ने उस पर एक शिकायत की नज़र डालकर दरवाज़ा बंद कर लिया। उसके सिर के बाल बुरी तरह उलझे थे और कुरता-पाजामा बहुत मुचड़ गया था। ज़ाहिर था कि वह सुबह जिस हाल में सोकर उठा था, अब तक उसी हाल में था, और उसे मुँह-हाथ धोने का भी वक्त नहीं मिला था।

"माँ, जल्दी से रोटी डाल दे, भूख लगी है !" आते ही चारपाई पर फैलते हुए उसने आदेश दिया। बचन चुपचाप अपनी जगह बैठी रही। न उठी, और न ही उसने मुँह से कुछ कहा। कुछ क्षण प्रतीक्षा करने के बाद बिन्नी ने सिर उठाया और कहा, "माँ, रोटी··· ।"

"रोटी आज नहीं बनी है," वह बोली। "मुझे क्या पता था कि लाटसाहब आज भी घर आएँगे कि नहीं ! रात की रोटी मैंने सवेरे खाई, सवेरे की अब खाई है। मैं क्यों रोज़-रोज़ बासी रोटी खाती रहूँ ? जा, किसी तंदूर पर जाकर खा ले।"

बिन्नी हँसता हुआ चारपाई से उठ बैठा और माँ के मोढ़े के पास चला आया। "यहाँ तंदूर है कहाँ, जहाँ जाकर खा लूँ ?" वह बोला। "मेरे हिस्से की जो बासी रोटी रखी थी, वह तूने क्यों खाई ? निकाल मेरी बासी रोटी···" और वह माँ का घुटना पकड़कर बैठ गया।

"मेरे पेट से निकाल ले अपनी बासी रोटी !" बचन ने आरंभ किया मीठी झिड़की के रूप में, पर वाक्य समाप्त करते-करते उसकी आँखें गीली हो गईं !

बिन्नी ने उसकी गीली आँखें नहीं देखीं। वह उठकर रोटी वाले डब्बे के पास चला गया और बोला, "डब्बे में रखी होगी, ज़रूर रखी होगी।"

बचन ने उसकी नज़र बचाकर आँखें पोंछ लीं। बिन्नी रोटी वाला डब्बा लिए उसके सामने आ बैठा। डब्बे में कटोरा-भर दाल के साथ चार रोटियाँ कपड़े में लपेटकर रखी थीं। बिन्नी ने जल्दी से एक रोटी का टुकड़ा तोड़ लिया।

"यह तो ताज़ा रोटी है !" वह टुकड़ा मुँह में ठूँसे हुए बोला।

"बासी रोटी खाने को माँ जो है !" कहकर बचन उठ खड़ी हुई। उसने पानी का गिलास भरकर उसके पास रख दिया। बिन्नी ने एक घूँट में गटागट गिलास खाली कर दिया और बोला, "थोड़ा और !"

बचन ने गिलास उठा लिया और सुराही से उसमें पानी डालती हुई बोली, "लाली का कार्ड आया है।"

"अच्छा !" कहकर बिन्नी रोटी खाता रहा। उसने कार्ड के बारे में ज़रा भी

जिज्ञासा प्रकट नहीं की। बचन का दिल दुख गया। वह गिलास बिन्नी के आगे रखकर बिना एक शब्द कहे अहाते में चली गई और चारपाई पर दरी डालकर पड़ गई। उसका दिल उछलकर आँखों से आने को हो रहा था, पर वह किसी तरह चेहरा सख़्त किए अपने को रोके रही। थोड़ी देर में बिन्नी जूठे पानी से हाथ धोकर मुँह पोंछता हुआ अंदर से आ गया।

"कहाँ है कार्ड ?" उसने पूछा।

"कहीं नहीं है।" बचन ने रुँधे स्वर में कहा और करवट बदल ली।

"अब बता भी दे न, जल्दी से सब समाचार पढ़ दूँ।"

"सो जा, मुझे कोई समाचार नहीं पढ़वाने हैं।"

"पढ़वाने क्यों नहीं हैं, मैं अभी सब सुनाता हूँ," कहकर बिन्नी अंदर चला गया और कार्ड ढूँढ़कर ले आया। साथ लालटेन भी उठा लाया। आधे मिनट में उसने सरसरी नज़र से सारा कार्ड पढ़ डाला।

"भैया की तबीयत ठीक नहीं है," वह लालटेन ज़मीन पर रखकर माँ की चारपाई के पैताने बैठ गया। बचन सहसा उठकर बैठ गई। बिन्नी ने गुनगुन करके पहली डेढ़ी पंक्ति पढ़ी और फिर उसे सुनाने लगा। लाली ने लिखा था कि उसका ब्लड प्रेशर फिर बढ़ गया था, डॉक्टर ने उसे आराम करने की सलाह दी है। कुसुम की तबीयत अब ठीक है और उसका रंग भी लाली पर आ रहा है। उन्होंने मकान बदल लिया है क्योंकि पहला मकान हवादार नहीं था और बच्चों को वहाँ से स्कूल जाने में दिक्कत होती थी। अब दीवाली पास आ रही है, इसलिए बच्चे दादी माँ को बहुत याद करते हैं। उसे गए छह महीने से ऊपर हो गए हैं, इसलिए हो सके, तो दीवाली के दिनों में आकर मिल जाए।

"इसके बाद सबकी नमस्ते है।" कहकर बिन्नी ने कार्ड रख दिया।

"यह नहीं लिखा कि किस डॉक्टर का इलाज कर रहा है ?"

"तू जैसे वहाँ के सब डॉक्टरों को जानती है।"

बिन्नी ने बात अनायास कह दी थी, पर बचन का मन छिल गया। उसके चेहरे पर फिर कठिनता आ गई।

"मैं कल वहाँ चली जाती हूँ।" उसने कहा।

"तू चली जाएगी तो मैं यहाँ अकेला कैसे रहूँगा ? मेरी रोटी···?"

बचन ने वितृष्णा से उसे देखा, जिसका मतलब था कि तेरी रोटी क्या उसकी जान से ज़्यादा प्यारी है ?

"तू कौन घर की रोटी पर रहता है।" मुँह से उसने इतना ही कहा।

"भैया का ब्लड प्रेशर कोई नई बीमारी तो है नहीं···" बिन्नी फिर कहने लगा।

"तू ये बातें रहने दे, मैं कल यहाँ से जा रही हूँ।" बचन ने उसकी बात को बीच में ही काट दिया। कुछ क्षण दोनों खामोश रहे। फिर बिन्नी 'अच्छा' कहकर उसके पास से उठ गया।

अगले दिन सुबह वह 'अभी थोड़ी देर में आता हूँ' कहकर घर से चला गया और दोपहर तक लौटकर नहीं आया। बचन का किसी काम में मन नहीं लग रहा था। फिर भी उसने किसी तरह खाना बनाया और घर के सब छोटे-मोटे काम पूरे किए। बिन्नी की चारों-पाँचों कमीज़ें लेकर उनके टूटे बटन भी लगा दिए। फिर अपनी दरी और कपड़े एक जगह इकट्ठे कर लिए। यह तय नहीं था कि वह उस दिन वहाँ से जा पाएगी या नहीं। बिन्नी सुबह उसे निश्चित कुछ बताकर नहीं गया था। संभव था कि वह रात तक घर आए ही नहीं। रात को भी उसके आने का भरोसा नहीं था। यह भी डर था कि बिन्नी के पास किराए लायक पैसे शायद हों ही नहीं। उस दिन महीने की उन्नीस तारीख थी। और उन्नीस तारीख को बिन्नी के पास पैसे कब रहते थे ? उस हालत में उसे तीन-चार तारीख तक जाना टालना पड़ेगा। वह यह भी नहीं जानती थी कि दीवाली इस बार किस तारीख को पड़ेगी। वह सोचने लगी कि इस बीच लाली की तबीयत और ज़्यादा खराब हो गई तो ? उसे काफी ज़्यादा तकलीफ होगी, जो उसने चिट्ठी में लिखा है। नहीं वह चिट्ठी में कभी न लिखता। ऐसे में वह पंद्रह-बीस दिन वहाँ से न जा सकी, तो ?

तभी बिन्नी आ गया। उसके साथ उसका लंबे बालों वाला दोस्त शशि भी था, जिसकी गरदन बात करते हुए तोते की तरह हिलती थी। वह उसकी दाल का सबसे बड़ा प्रशंसक था। आते ही दाल की फरमाइश करता था। हमेशा की तरह वे गली से ऊँची आवाज़ में बात करते हुए आए।

"मैं तेरा टिकट ले आया हूँ," बिन्नी ने आते ही कहा। "मंगलवाड़ी से शशि को साथ लिया, और वहीं से टिकट भी ले लिया। पर तू तो अभी तैयार ही नहीं हुई···!"

"तैयार क्या होती ? तू मुझसे कहकर गया था···?"

"जब रात को तय हो गया था, तो सुबह कहने की क्या ज़रूरत थी ? अच्छा, अब जल्दी से तैयार हो जा। गाड़ी में दो घंटे हैं। तेरे लिए नकद सवा बीस खर्च करके आया हूँ, वे भी उधार के !"

बचन को बुरा लगा कि वह बाहर के आदमी के सामने ऐसी बात क्यों कर

रहा है। क्या वह नहीं जानती थी कि टिकट के लिए उसे रुपए उधार लेने पड़े होंगे ? वह कब चाहती थी कि उसकी वजह से उस पर उधार चढ़े ? वह उससे कह देता, तो वह बारह-चौदह दिन बाद चली जाती।

वह कुछ न कहकर अपने कपड़े दरी में लपेटने लगी।

"हट माँ, तुझे बिस्तर बाँधना आता भी है ?" बिन्नी आगे बढ़ गया। "उलटी-सीधी रस्सी बाँधेगी, और कहीं से बिस्तर को मोटा कर देगी, कहीं से पतला। हट जा, मैं अभी एक मिनट में बाँध देता हूँ। ऐसा बिस्तर बँधेगा कि वहाँ पहुँचकर भी तेरा खोलने को जी नहीं करेगा।"

"तू रोटी खा ले, मैं बिस्तर बाँध लेती हूँ," बचन की आँखें भर आईं।

"रोटी खाने वाला आदमी मैं साथ लाया हूँ," वह माँ के लपेटे कपड़ों को फिर से फैलाता हुआ बोला। "यह इसीलिए आया है कि तू चली जाएगी, तो तेरे हाथ की दाल फिर इसे कहाँ मिलेगी ?"

बचन की गीली आँखों में हलकी मुसकराहट भर गई।

"इसे भी खिला दे," वह बोली, "मैं अभी दो फुलके और बना देती हूँ।"

"और बनाने की ज़रूरत नहीं। जो बने हैं, वही खा लेंगे।"

"पहले मैं खा लूँ, फिर जो बचें वे इसे दे देना," कहकर शशि गरदन उठाकर हँस दिया। बिन्नी बिस्तर बाँधता रहा। वह उन दोनों के लिए रोटी डालकर ले आई।

"तैयार !" बिन्नी ने हाथ झाड़े और शशि के साथ खाना खाने में जुट गया।

"माँ, अपने लिए रोटी रख लेना और जितनी बचें वह सब हमें ला देना।" शशि दाल सुड़कता हुआ बोला। वे दोनों खा चुके, तो बचन ने जल्दी से बरतन समेट दिए।

"अब माँ, तू भी जल्दी से खा ले," बिन्नी ने कुल्ला करके हाथ पोंछते हुए कहा।

"मैंने खा ली है।"

"कब खा ली है ?" बिन्नी ने पास जाकर उसके कंधे पकड़ लिए।

"तेरे आने से पहले।"

"झूठी !"

"सच, मैंने खा ली है।"

"आगे तो कभी इतनी जल्दी नहीं खाती।"

"आज खा ली है।...घर से जाना था न ! तुम दोनों तो भूखे नहीं रहे ?"

"एक-चौथाई भूखे रह गए !" शशि ने डकार लेकर तौलिए से मुँह पोंछा और उसे खूँटी पर टाँगकर हँसने लगा।

स्टेशन पर उसे गाड़ी में बिठाकर वे दोनों प्लेटफार्म पर टहलते रहे। रात को भी उसने ठीक से नहीं खाया था, इसलिए भूख के मारे उसका सिर चकरा रहा था। वह जानती थी कि बिन्नी को पता है, उसने कुछ नहीं खाया। इसीलिए उसके मना करने पर भी वह आधा दर्जन केले लेकर रख गया था। वह एक बार कह चुकी थी कि उसे भूख नहीं है, इसलिए केले वैसे ही रखे थे। बिन्नी हठ से कहता, तो वह खा लेती। मगर बिन्नी और शशि टहलते हुए दूर चले गए थे। शायद अब भी उनमें बहस चल रही थी। उसकी समझ में नहीं आता था कि ये लोग इतनी बहस क्यों करते हैं। हर वक्त बहस, बहस, बहस ! बहस का कोई अंत भी होता है ! जैसे सारी दुनिया के झगड़े इन्हीं को निपटाने हों ! फटे हाल रहेंगे, सेहत का ज़रा ध्यान नहीं रखेंगे, और बातें, जैसे दुनिया की दौलत के यही मालिक हों, और उसे बाँटने की समस्या इन्हीं के सिर पर आ पड़ी हो।

वे दोनों प्लेटफार्म के उस सिरे तक होकर वापस आ रहे थे। वह उनके चेहरे देख रही थी। माथे पर सलवटें डाले वे हाथ हिला-हिलाकर बातें कर रहे थे। फिर भी वे बच्चे-से दीखते थे। उस समय शायद वे यह भी भूल गए थे कि वे उसे गाड़ी पर छोड़ने आए हैं। सहसा गार्ड की सीटी सुनकर वे उसके डब्बे के पास आ गए। मगर वहाँ आकर भी उनकी बहस चलती रही—करघे का काम रुक जाएगा तो कितने आदमी बेकार हो जाएँगे। इसलिए अच्छा यही है कि मालिकों से बात चलती रहे और कामगर काम जारी रखें। बचन सोचने लगी कि ये लोग कभी अपने काम के बारे में बात क्यों नहीं करते ? अपनी बेकारी की चिंता इन्हें क्यों नहीं सताती ?

गाड़ी चलने लगी, तो बिन्नी को जैसे उसके पास होने का होश हुआ और उसका हाथ पकड़कर उसने कहा, "अच्छा माँ···।"

बचन के होंठों पर रूखी-सी मुसकराहट आ गई। उसने बारी-बारी से उन दोनों के सिर पर हाथ फेरा।

"तू कब लौटकर आएगी ?"

"जब भी तू बुलाएगा।"

गाड़ी ने रफ्तार पकड़ ली। वह देर तक खिड़की से सिर निकालकर उन्हें देखती रही। दोनों हाथ में हाथ डाल गेट की तरफ जा रहे थे। उनकी बहस शायद अब भी चल रही थी।

बचन को घर आए पंद्रह दिन हो गए थे।

"बिन्नी की चिट्ठी नहीं आई ?" उसने लाली के कमरे के बाहर रुककर पूछा। लाली से सवाल पूछने में उसका स्वर थोड़ा दब जाता था। वह बेटा बड़ा होते-होते इतना बड़ा हो गया था कि वह अपने को उससे छोटी महसूस करने लगी थी।

"आ जा, माँ," लाली ने कागज़ों से आँखें उठाकर कहा, "चिट्ठी उसकी आज भी नहीं आई। न जाने इस लड़के को क्या हो गया है !"

"तू काम कर, मैं जा रही हूँ," वह बोली, "सिर्फ चिट्ठी का ही पूछने आई थी।"

वह बरामदे से होकर अपने कमरे में आ गई। जानती थी कि लाली का समय कीमती है। वह आधी-आधी रात तक बैठकर दूसरे दिन के केस तैयार करता है। मुवक्किलों की वजह से उसका खाने-पीने का भी समय निश्चित नहीं रहता। इधर छह महीने में उसकी व्यस्तता पहले से कहीं बढ़ गई थी। नए घर में आ जाने से जगह का तो आराम हो गया था, मगर कचहरी पहले से भी दूर हो गई थी। लाली की व्यस्तता के कारण कई बार वह सारा-सारा दिन उससे बात नहीं कर पाती थी। रात को वह बैठक से उठकर आता, तो सीधा अपने सोने के कमरे में चला जाता। दिन-भर की थकान के बाद वह उसके आराम में खलल नहीं डालना चाहती थी। सवेरे वह कुसुम से पूछ लेती कि रात को उसकी तबीयत कैसी रही है। कुसुम संक्षेप में उसे बता देती।

"सोने से पहले उसके सिर में बादाम रोगन डाल दिया कर।" वह कुसुम से कहती।

"मैं कई बार कहती हूँ, पर ये डलवाते ही नहीं।" कुसुम जैसे रटा-रटाया उत्तर दे देती।

"मुझे बुला लिया कर, मैं आकर डाल दिया करूँगी।"

"डालने को नौकर है, पर ये डलवाते ही नहीं।"

वह जानती थी कि सिर में बादाम रोगन डलवाने के लिए लाली को किस तरह राज़ी किया जा सकता है। मगर कुसुम अपने को लाली की ज़्यादा अंतरंग समझती थी, और उसके सुझावों से सहमति प्रकट करती हुई भी करती वही थी, जो उसके अपने मन में होता था। कुसुम जिस शिष्टता और कोमलता से बात करती थी, उससे बचन को लगता था कि वह उस घर में केवल मेहमान है। दिन-भर उसके करने के लिए वहाँ कोई काम नहीं होता था। खाना बनाने के लिए

एक नौकर था, ऊपर का काम करने के लिए दूसरा। उनके काम की देखभाल के लिए कुसुम थी। बचन जब भी कोई काम करने के लिए कहती, तो कुसुम झट उसे मना कर देती–नौकर के रहते अपने हाथ से काम करने की क्या ज़रूरत है ? यही बात लाली भी कह देता था–माँ, तू काम करेगी, तो घर में दो-दो नौकर किसलिए हैं ?

बचन सोचती कि काम करने के लिए नौकर हैं, और देखभाल के लिए कुसुम है, फिर घर में उसका होना किसलिए है ? सवेरे पाँच बजे से रात के दस बजे तक वह क्या करे ? पंद्रह दिन पहले जब वह आई ही थी, तो बच्चे उसे घेरे रहते थे। उन्हें दादी माँ से हज़ारों बातें कहनी और शिकायतें करनी थीं। मगर चार दिन में ही उनके लिए उसकी नवीनता समाप्त हो गई थी। उनकी अपनी छोटी-छोटी व्यस्तताएँ थीं, जिनमें उनका समय बँटा हुआ था। अब भी कभी-कभी कुमुद ज़रूर उसके पास आ जाती थी, और उसके कमरे में एक तरफ खामोश खेलती रहती थी। उसे शायद दादी माँ इसलिए अच्छी लगती थी कि उसकी माँ दोनों भाइयों को ज़्यादा प्यार करती थी···।

बचन कमरे में आकर चारपाई पर लेट गई। मन ताने-बाने बुनने लगा। बिन्नी ने अभी तक चिट्ठी क्यों नहीं लिखी ? वहाँ अँधेरे घर में इस वक्त वह अकेला सोया होगा। रोटी का जाने उसने क्या प्रबंध किया है ? उसने चलते वक्त उससे पूछा भी नहीं कि वह पीछे कैसे रहेगा, कहाँ से रोटी खाएगा ? उसके पास रहते वह तन-बदन की होश भूला रहता था, अब जाने उसकी क्या हालत होगी ? चिट्ठी लिख देता, तो कुछ तो तसल्ली हो जाती। मगर उसे चिट्ठी लिखने की याद भी आएगी ?

कमरे की खिड़की खुली थी और दूर तक खुला आकाश दिखाई दे रहा था। खिड़की से दिखाई देते उन नक्षत्रों की स्थितियों से वह परिचित थी। उन्हीं नक्षत्रों को वह बंबई की उस मनहूस बस्ती के ऊपर भी झिलमिलाते देखा करती थी। यहाँ से वे उसे तिरछे कोण से दिखाई देते थे, वहाँ वह अहाते में लेटकर उन्हें ठीक अपने ऊपर देखा करती थी। उसी तरह लेटी हुई वह बिन्नी की आहट की प्रतीक्षा करती थी। हुँफ़्-हुँफ़् की आवाज़ें पास आतीं, और दूर चली जाती थीं। फिर दूर से फटे गले की बेहूदा आवाज़ सुनाई देने लगती थी, "ओ डैडाई है डिंवजो फेंजल···।" उस आवाज़ से वह कितनी नफरत करती थी ! यहाँ इस एकांत बँगले में आसपास से कोई आवाज़ नहीं आती थी। नौ-साढ़े नौ बजे बच्चों के सो जाने के बाद बिलकुल खामोशी छा जाती थी। सिर्फ रंगीलाल के बरतन मलने या चौका धोने की ही

आवाज़ सुनाई देती थी।

उसने करवट बदल ली कि किसी तरह नींद आ जाए। नींद न आना रोज़ की बात हो गई थी। कहाँ दस बजे से ही उसकी आँखों में नींद भर जाती थी, और कहाँ अब वह ग्यारह, बारह और एक के घंटे गिनती रहती थी। 'जाने क्यों ?' वह सोचती और करवटें बदलती रहती।

रात को वह देर से सोई, मगर सुबह जल्दी उठ गई।

उठने पर उसका दिल रात से ज़्यादा अस्थिर और अशांत था। इतना बड़ा पहाड़-सा दिन और उसके बाद फिर वैसी ही रात ! उस लंबे खालीपन की कल्पना से एक बड़ा शून्य उसके अंतर को घेरे था। आकाश में चिड़ियों के झुंड उड़े जा रहे थे। रसोईघर में रंगी स्टोव में हवा भर रहा था। उसे साहब के लिए बेड-टी ले जानी थी। बंबई में सुबह जब वह कमरे में बाल्टी रखकर नहा रही होती, तो बिन्नी बाहर से चाय की माँग करने लगता था। इससे उसके भजन में बाधा पड़ती थी और उसे बहुत उलझन होती थी। मगर वह चुपचाप उसके लिए चाय बना देती थी।...लेकिन आज उसे इस बात की उलझन हो रही थी कि उसका भजन में मन क्यों नहीं लगता। अब जब कि भजन के लिए पूरी सुविधा, पूरा समय, उसके पास था, तो आसन पर बैठने से ही वह क्यों जी चुराती थी ?

कुछ देर बरामदे में खड़ी होकर वह सूर्योदय के सुनहले रंग को देखती रही। क्षितिज के एक कोने से दूसरे कोने तक झिलमिलाती नई धूप धीरे-धीरे निखार पर आ रही थी। लगता था, जैसे मिट्टी में बंद उजाला फूटकर बाहर आने के लिए संघर्ष कर रहा हो। धूप की बढ़ती झलक से हर क्षण ऐसा ही आभास होता था। उसने बरामदे से उतरकर पूजा के लिए कुछ गेंदे के फूल चुन लिए और रसोईघर में चली गई।

रंगी स्टोव से केतली उतारकर चायदानी में पानी डाल रहा था। उसने अपने आँचल के फूल आले में डाल दिए। रंगी ट्रे उठाकर चलने लगा, तो उसने ट्रे उसके हाथ से ले ली।

"रहने दे, मैं ले जाती हूँ।" और वह ट्रे लिए हुए लाली के कमरे की तरफ चल दी।

"माँ जी, आप रहने दीजिए, साहब मुझ पर नाराज़ होंगे।" रंगी ने पीछे से संकोच के साथ कहा।

"इसमें नाराज़ होने की क्या बात है ? मैं तेरे कहने से थोड़े ही ले जा रही हूँ ?" और वह थोड़ा खाँसकर लाली के कमरे में चली गई।

लाली कंबल ओढ़कर बिस्तर में बैठा था। कुसुम अभी सो रही थी। लाली के हाथ में कुछ कागज़ थे जिन्हें वह ध्यान से पढ़ रहा था। उसने यह नहीं देखा कि चाय लेकर माँ आई है। बचन ने ट्रे मेज़ पर रख प्याली में चाय बनाई और उसके पास ले गई। लाली ने जब चाय के लिए हाथ बढ़ाया, तो उसने आश्चर्य से देखा कि प्याली लिए माँ खड़ी है।

"माँ, तू ?" उसने आश्चर्य के साथ कहा।

बचन ने प्याली उसके हाथ में दे दी। उसने पहली बार ठीक से देखा कि लाली के बाल कनपटियों के पास से कितने सफेद हो गए हैं। चश्मा उतार देने से उसकी आँखों के नीचे गहरे गड्ढे नज़र आ रहे थे। लाली ने कागज़ रखकर चश्मा लगा लिया।

"रंगी और नारायण क्या कर रहे हैं ?" उसने पूछा।

"नारायण दूध लाने गया है," वह बोली, "रंगी रसोईघर में है।"

"तो उससे नहीं आया जाता था ? तू सुबह-सुबह उठकर चाय लाए, वाह ! इससे अच्छा है, मैं आप ही बनाकर पी लूँ।"

"तू ज़रूर बनाकर पी लेगा—जिसे यह नहीं पता कि दूध कौन-सा है और चीनी कौन-सी है !" वह थोड़ा हँस दी। तभी कुसुम करवट बदलकर उठ बैठी।

"माँ जी, आप···" उसने भी आँखें मलते हुए उसी आश्चर्य के साथ कहा। फिर झट-से कंबल उतारकर वह बिस्तर से निकल आई।

"आप रहने दीजिए, मैं बनाती हूँ।"

कुसुम दूसरी प्याली में चाय बनाने लगी। बनाकर प्याली उसने बचन की तरफ बढ़ा दी।

"मैं अभी नहाई नहीं। अभी से चाय पी लूँ ?"

"पी भी ले माँ," लाली बोला, "कभी तो अपना धरम-करम छोड़ दिया कर।"

"नहीं, मैं ऐसे नहीं पीती। तुम लोग पियो।"

कुसुम प्याली लेकर अपने बिस्तर पर चली गई। बचन लाली के पैताने बैठ गई। लाली और कुसुम खामोश चाय पीते रहे।

कमरे में हर चीज़ व्यवस्थित थी। अँगीठी पर नीले रंग का कपड़ा बिछा था, जिस पर कुसुम ने सफेद डोरे से कढ़ाई की थी। वहीं एक तरफ अखरोट की लकड़ी का बना गौतम बुद्ध का बस्ट रखा था, और दूसरी तरफ हाथी-दाँत की हंसों की जोड़ी। संदूकों पर गद्दे बिछाकर उन्हें लाल कपड़े से ढक दिया गया था। कोने में कुसुम की सिलाई की मशीन पड़ी थी, और वहाँ पास ही लाली की अधसिली

कमीज़ के टुकड़े बँधे रखे थे। मेज़ पर छोटे-से शेल्फ में लाली की कुछ किताबें पड़ी थीं और वहाँ पास ही एक टेबल लैंप रखा था। दो कमरों के बीच के पर्दे पर भी कुसुम ने अपने हाथ से कढ़ाई कर रखी थी। उधर से करवटें बदलने की आवाज़ें आ रही थीं। बच्चों की भी नींद खुल गई थी।

लाली ने चाय पीकर प्याली मेज़ पर रख दी। कुसुम एक खास नज़र से उसकी तरफ देख रही थी। बचन वहाँ से उठ खड़ी हुई।

"बस, चल दी, माँ ?" कहते-कहते लाली ने कागज़ उठा लिए।

"हाँ, तू अपना काम कर। मैं जाकर नहा-धो लूँ।"

"कोई खास बात तो नहीं थी ?"

"नहीं, बात कुछ नहीं थी। नौकर चाय ला रहा था, मैंने कहा, मैं ले जाती हूँ।"

लाली की आँखें कागज़ों में झुक गईं। कुसुम चाय के हलके घूँट भर रही थी। बचन चलने के लिए तैयार होकर भी खड़ी रही।

"एक बात सोचती थी," वह कहने लगी।

लाली ने कागज़ फिर रख दिए।

"हाँ, हाँ, बता न।"

"इतने दिन हो गए, बिन्नी की चिट्ठी नहीं आई··· ।"

"मैं अब उससे कोई गिला नहीं करता," लाली कुछ चिढ़े हुए स्वर में बोला, "गफलत की भी एक हद होती है। इस लड़के का घरवालों से जैसे कोई रिश्ता ही नहीं है।"

बचन चुप रही।

"यहाँ रहकर बी०ए० कर लेता तो कुछ बन-बना जाता। मगर हर बात में चलना तो उसे अपनी ही मर्ज़ी से है। अब साहब ज़िंदगी-भर यहाँ-वहाँ रहेंगे और आवारागर्दी किया करेंगे।"

बचन की आँखें भर आईं। उसने कोशिश की कि आँसू आँखों में ही सूख जाएँ, पर यह नहीं हुआ तो उसने पल्ले से आँखें पोंछ लीं।

"यह लड़का न जाने कब अपना होश रखना सीखेगा ?···अपने शरीर की भी तो फिक्र नहीं करता। वहाँ रहकर मैं ही जो थोड़ा-बहुत देख लेती थी, सो देख लेती थी। कभी-कभी सोचती हूँ कि वहाँ उसके पास ही रहूँ, तो ठीक है।" और वह निर्णय सुनने के भाव से लाली की तरफ देखने लगी। लाली गंभीर हो गया। बोला कुछ नहीं।

"मैं कहती हूँ, मेरी आँखों के सामने रहेगा, तो मुझे पता चलता रहेगा कि क्या करता है, क्या नहीं करता···।" बचन के स्वर में थोड़ी याचना भी आ गई।

"माँ जी का यहाँ दिल नहीं लगता।" कुसुम ने प्याली रखते हुए कहा। पल-भर लाली की आँखें उससे मिली रहीं।

"अभी तो माँ तू आई ही है," वह बोला, "पंद्रह दिन बाद दिवाली है···।"

"मेरा बच्चों को छोड़कर जाने को मन करता है ? मैं तो वैसे ही बात कर रही थी," वह फिर से चलने के लिए तैयार होकर बोली, "पता नहीं रोटी भी ठीक से खाता है या नहीं।"

कुसुम उठकर रंगी को आवाज़ देती हुई बाहर चली गई।

"तू जाना ही चाहती है तो बात दूसरी है।" लाली के चेहरे पर कुछ उकताहट-सी आ गई।

"नहीं, जाने की बात नहीं है, मैं तो वैसे ही कह रही थी···।"

वह बाहर की तरफ देखने लगी कि फिर से आँसू न टपकने लगें।

"जाने को मन हो रहा है, चली जा। नहीं, खामखाह यहाँ चिंता से परेशान रहेगी।"

बचन कुछ पल खामोश रही। लाली अपनी उँगलियाँ मसलता रहा।

"किस गाड़ी से चली जाऊँ ?"

"रात की गाड़ी ठीक रहती है। उसमें भीड़ कम होती है।"

"तेरी तबीयत की मुझे फिक्र रहेगी···।"

"मेरी तबीयत अब ठीक ही है।"

"तू चिट्ठी लिखता रहेगा न ?"

"हाँ। मैं नहीं लिख सकूँगा, तो कुसुम लिख देगी।"

"अच्छा···!"

रात को गाड़ी में उसे अच्छी जगह मिल गई। जनाने डिब्बे में उसके अलावा दो ही और सवारियाँ थीं। कुसुम नारायण को साथ लेकर उसे छोड़ने आई थी। लाली मुवक्किलों की वजह से नहीं आ पाया था। गाड़ी के चलने तक कुसुम उसके पास बैठकर उससे बातें करती रही। कहती रही कि दादी के पीछे बच्चे उदास हो जाएँगे, तीन-चार दिन घर सूना-सूना लगेगा, और कि वह रास्ते के लिए खाना बनवाकर साथ ले जाती, तो अच्छा था। गाड़ी ने सीटी दी, तो कुसुम प्लेटफार्म पर उतर गई।

"जाते ही चिट्ठी लिखिएगा," उसने कहा।

"तुम लाली की तबीयत का पता देती रहना," बचन ने कहा। सहसा उसे लाली के सफेद बालों का ध्यान हो आया।

"रात को उसे देर-देर तक मत पढ़ने देना, और उससे कहना कि दूसरे-तीसरे दिन सिर में बादाम रोगन ज़रूर डलवा लिया करे।"

कुसुम ने सिर हिला दिया। गाड़ी चलने लगी, तो उसने हाथ जोड़ दिए।

प्लेटफार्म पीछे रह गया, तो बचन आकाश की तरफ देखने लगी। उसके मन में फिर एक शून्य-सा भरने लगा। आकाश में वही नक्षत्र चमक रहे थे। बचन स्थिर नज़र से उन्हें देखती रही। वह जहाँ जा रही थी, उस घर का नक्शा धीरे-धीरे उसकी आँखों के सामने उभरने लगा। नीची छत वाला टूटा-फूटा कमरा, मादा सूअर और उसके बच्चों की हुँफ्-हुँफ् और कुएँ की तरफ से आती मोटी, भद्दी, फटी-सी आवाज़—ओ डैडाई है ड्विंजो फेंजल⋯अँधेरा, एकांत, बिन्नी, शशि और उसके दोस्त, बहसें और दाल-रोटी के लिए उन लोगों की छीना-झपटी⋯।

उसकी आँखें भर आईं। आकाश में चमकते नक्षत्र धुँधले पड़ गए।

आँखें पोंछ लीं। नक्षत्र फिर चमकने लगे। ●

रोज़गार

वह दुबली-सी लड़की साधना रेस्तराँ के बाहर टैक्सी से उतरी, और अंदर जाकर कोने की मेज़ के पास बैठ गई।

साधना रेस्तराँ, निःसंदेह, किसी कवि-मस्तिष्क की उपज है। वहाँ के किवाड़ पुरानी आबनूस की लकड़ी के हैं, जिनका निर्माण-काल सत्रहवीं शताब्दी है। अंदर खाने-बैठने की मेज़ों के पीछे बुक-स्टाल है। दाईं तरफ एक प्लेटफार्म है, जहाँ कोई बड़ी पार्टी हो तो डिनर की मेज़ें लगा दी जाती हैं, वरना चार-पाँच शतरंज की मेज़ें बिछी रहती हैं, सफेद बालों वाले कई बुज़ुर्ग वहाँ बैठे मोहरों की साधना में लीन रहते हैं। रेस्तराँ में कोई ज़ोर से बात करे, या कहकहा लगाए, तो सहसा उन बुज़ुर्गों की भौंहें तन जाती हैं, और चेहरे इस तरह सिकुड़ जाते हैं जैसे उन्हें सख्त चोट पहुँचाई गई हो। यूँ प्रायः रेस्तराँ में सर्द खामोशी छाई रहती है, और केवल छुरी-काँटों और मोहरों के चलने की आवाज़ ही सुनाई देती है। वहाँ बैठकर खेलने वालों को मौन साधना का कुछ ऐसा अभ्यास है कि बाज़ी का अंतिम मोहरा चलते हुए वे मुँह से बात तक नहीं कहते।

वह लड़की मेज़ पर कुहनियाँ रखे, सीधी नज़र से प्लेटफार्म की तरफ देखती रही, उसकी नज़र में एक जड़ता थी, जैसे उसके लिए काठ के मोहरों और उन्हें चलानेवाले हाथों में विशेष अंतर न हो। बैरा कॉफी और सैंडविच लाकर उसके सामने रख गया तो वह सैंडविच के ज़रा-ज़रा-से टुकड़े दाँतों से काटकर धीरे-धीरे चबाने लगी, ऐसे, जैसे उस काम में काफी मेहनत पड़ती हो। प्याली में कॉफी उँडेलकर वह देर तक उसे चम्मच से हिलाती रही, फिर हलके-हलके घूँट भरने लगी। उसकी आँखें प्लेटफार्म से हटतीं, तो दीवार पर स्थिर हो रहतीं। बीच-बीच में वह सतर्क नज़र से इधर-उधर देख लेती। कॉफी समाप्त करके उसने आँख के इशारे से बिल मँगवाया और सवा रुपया तश्तरी में डालकर उठ खड़ी हुई।

फुटपाथ पर आकर वह भटकी हुई मुद्रा में कुछ क्षण इधर-उधर देखती रही। रूखे-मुरझाए चेहरों का एक जुलूस फ्लोरा फाउंटेन की तरफ जा रहा था, दूसरा उस तरफ से आ रहा था। स्त्री और पुरुष के भेद से रहित प्रायः एक से चेहरे—हैट,

कोट, फ्रॉक, स्कर्ट और कॉलर। बस पकड़ने वालों की लंबी-लंबी क्यू धीरे-धीरे आगे को सरक रही थी। घंटियों की टन्-टन् और इंजनों की घबराहट के बीच कई-कई आकृतियाँ जल्दी-जल्दी सड़क पार कर रही थीं। कई एक पहिए, एक-दूसरे के पीछे घूमते हमवार सड़क पर फिसलते जाते थे। लड़की ने दो-एक बार होंठों पर ज़बान फेरी और एडवर्ड्स होटल की तरफ मुड़ गई।

एडवर्ड्स होटल और साधना रेस्तराँ के बीच सिर्फ एक गली का फासला है, जो अकसर वीरान पड़ी रहती है। गली में घूमते ही लिफ्टमैन रहमान ड्योढ़ी में कुर्सी डाले बैठा नज़र आता है। लिफ्ट हफ्ते में चार दिन खराब रहती है, इसलिए ज़्यादातर उसे अपनी मूँछों पर हाथ फेरते रहने के सिवा कोई काम नहीं होता। लड़की ड्योढ़ी के पास पहुँची, तो रहमान उसे सलाम करने के लिए नहीं उठा। मूँछ के कोने को उँगली और अँगूठे के बीच मसलते हुए उसने उसे तिरछी आँख से देखा, और वह ज़ीने का पहला मोड़ मुड़ गई, तो पहले की तरह गली के शून्य को गंभीर दृष्टि से देखने लगा।

लड़की अँधेरे में रास्ता टटोलकर कदम रखती हुई सीढ़ियाँ चढ़ती गई। रूबी एण्ड कंपनी, दिनशा ब्रदर्स और मोटर पार्ट्स प्राइवेट लिमिटेड के दफ्तरों के पास से गुज़रकर वह चौथी मंज़िल पर पहुँची। उसकी आँखें फिरोजी शीशे में जड़े मैले अक्षरों से टकराईं—राइट्स ऑफ एडमिशन रिज़र्व्ड। पल-भर साँस लेकर उसने अंदर पोर्टिको में कदम रखा, जिसमें एक टूटा सोफा सेट, एक पैवंद-लगी दरी, एक तिपाई और कुछ कुर्सियाँ लगाकर मिसेज़ एडवर्ड्स ने ड्राइंगरूम का नाम दे रखा था। लड़की के अंदर पहुँचते ही वहाँ बैठकर अखबार पढ़ते तीन-चार लोगों की आँखें उसकी तरफ उठ गईं। दो-एक की भौंहों पर सवालिया निशान उभर आए।

लड़की ने छह नंबर कमरे का दरवाज़ा खटखटाया। कुछ क्षणों में दरवाज़ा खुला और वह अंदर चली गई। दरवाज़ा बंद हो गया।

ड्राइंगरूम में कानाफूसी होने लगी।

"कौन है यह ?"

"उसकी बहन है।"

"उस हरामी की···?"

"हाँ, उसकी बड़ी बहन है।"

"सगी बहन ?"

"सुना यही है कि सगी बहन है।"

"और इनके माँ-बाप ?"

"माँ-बाप का पता नहीं है। यह बहन ही कभी-कभी यहाँ आती है।"

"वैसे यह रहती कहाँ है ?"

"यह भी ठीक पता नहीं।...सुना है, यह टैक्सी है...।"

कुछ होंठों पर मुसकराहटें फैल गईं। आवाज़ और धीमी हो गई।

"यूँ तो काफी दुबली-सी है।"

"पर कट अच्छा है।"

"वैसे उम्र भी ज़्यादा नहीं है। बाईस-तेईस साल की होगी।"

"अट्ठाईस-तीस का तो वही लगता है।"

"पर वह अभी इक्कीस का भी नहीं है। अंदर से खोखला हो चुका है, इसलिए बड़ा लगता है।"

"वह तो कुछ करता-धरता नहीं। दिन-रात यहीं पड़ा रहता है।"

"साले की बहन जो कमाती है।"

इस पर मुसकराहटें और लंबी हो गईं।

थोड़ी देर में छह नंबर का दरवाज़ा खुला और वह लड़की और उसका भाई साथ-साथ बाहर निकले। लड़की ने मिसेज़ एडवर्ड्स के कमरे का दरवाज़ा खटखटाया। मिसेज़ एडवर्ड्स, जिसके पतले चेहरे की सब लकीरें ठोढ़ी की तरफ जाती हैं, माथे पर दो स्थायी बल डाले बाहर निकली।

"यू मिस दारूवाला...?"

"येस् मिसेज़ एडवर्ड्स।"

मिसेज़ एडवर्ड्स के जबड़े सख्त हो गए। उसने दोनों को अपने कमरे में दाखिल करके दरवाज़ा बंद कर लिया।

"मैं कहती हूँ, इस बार तुम अपने भाई को साथ लेती जाओ," उसने काँपते हाथों से अपने लिए कुर्सी खींचते हुए कहा, "यह और यहाँ रहेगा, तो एक दिन मैं ही अपना होटल छोड़कर चली जाऊँगी।"

लड़की सामने की कुर्सी पर बैठ गई। उसका भाई खड़ा रहा।

"मैं तुम्हारा बिल देने आई हूँ।" उसने कहा।

"तुम मेरा आज तक का बिल अदा कर दो और इसे यहाँ से ले जाओ।"

लड़की की आँखों में नमी उभर आई। उसका भाई मुसकराता रहा।

"इसे हँसी आ रही है !" मिसेज़ एडवर्ड्स तेज़ आँखों से उसे देखती हुई बोली, "अपनी करतूतों पर इसे शरम नहीं आती।"

"मैं पैसे देकर यहाँ रहता हूँ। मुफ्त में नहीं रहता।" लड़के का चेहरा अकड़

गया और गरदन कुछ बाहर को फैल आई।

"तू पैसे देता है ?" मिसेज़ एडवर्ड्स रजिस्टर खोलकर गुस्से में उसके पन्ने उलटने लगी। "कमाकर पैसे देता, तो तेरे होश-हवास दुरुस्त रहते। तूने तो ज़िंदगी में एक ही काम सीखा है, और वह है खाना और पड़े रहना।"

"जैसे तुम्हारे यहाँ का खाना किसी से खाया जा सकता है !"

मिसेज़ एडवर्ड्स की आँखों से चिनगारियाँ फटने लगीं।

"तो कौन कहता है तुझसे खाने के लिए ? क्यों नहीं आज ही छोड़कर चला जाता ?"

वह रसीद-बुक में लगाने के लिए कार्बन ढूँढ़ने लगी, पर अपनी उत्तेजना में कार्बन उसे मिला नहीं। कार्बन रजिस्टर के नीचे दब गया था। लड़की ने वह निकालकर उसके सामने कर दिया।

"इसकी किसी बात का बुरा क्यों मानती हो मिसेज़ एडवर्ड्स ?" उसने मुलायम स्वर में कहा, "तुम्हें पता है, यह बीमार है।"

"यह बीमार है—यह ?" मिसेज़ एडवर्ड्स पेंसिल को दबा-दबाकर रसीद में संख्याएँ भरने लगी। "मैं तुमसे ठीक कहती हूँ मिस दारूवाला, इसकी बीमारी-वीमारी सब बहाना है। यह घोड़े की तरह तंदुरुस्त है, और घोड़े की तरह ही खाता है।"

"जो कुछ तुम्हारे यहाँ बनता है, वह घोड़ा ही खा सकता है, आदमी नहीं।"

मिसेज़ एडवर्ड्स बहुत अधिक उत्तेजित होने के बाद हताशा की एक साँस लेकर ठंडी पड़ गई। लड़की ने नोट गिनकर उसके सामने रख दिए, उसने रसीद फाड़कर दे दी।

"सुन रही हो इसकी बात ?" वह फरियादी की तरह बोली, "अगर यह तुम्हारा भाई न हो, तो मैं इसे एक दिन भी यहाँ न रहने दूँ। इसी वक्त इसका बोरिया-बिस्तर सड़क पर पहुँचवा दूँ।"

उसने नोट उठा लिए और दो बार गिनकर जेब में डाल लिए।

"इसे सुबह एक प्याली दूध और दे दिया करो," लड़की ने उठते हुए कहा। "मैं उसके पैसे अलग से दे दिया करूँगी।"

मिसेज़ एडवर्ड्स ने तिरस्कार-भरी नज़र से उसके भाई की तरफ देखा।

"न जाने किस खुशकिस्मती से परमात्मा ने तुझे ऐसी बहन दी है, जमशेद दारूवाला !" वह बोली, "तू कतई ऐसी बहन का भाई होने के लायक नहीं।"

जमशेद दारूवाला ने कंधा मोड़कर नाटकीय ढंग से अपना रुख बदल लिया।

"मुझसे दोपहर के वक्त रोज़ ठंडा गोश्त नहीं खाया जाता," वह बहन की आँखों में देखता हुआ बोला, "इससे कह दो कि मेरे लिए यह उस वक्त तरी वाला गोश्त...।"

"मैं तरी वाला गोश्त नहीं दे सकती !" मिसेज़ एडवर्ड्स ने ज़ोर से रजिस्टर बंद कर दिया, "मैंने एक बार नहीं, दस बार तुमसे कह दिया है और अब रोज़ इस बारे में बक-झक नहीं करना चाहती। पाँच रुपए आठ आने रोज़ में बंबई का जो दूसरा होटल तुझे कमरा और चार वक्त का खाना दे सकता हो, वहाँ चला जा। इसे यह चाहिए, वह चाहिए। मैंने कह दिया है, मैं एफोर्ड नहीं कर सकती—तरी वाला गोश्त...!"

"और यह मेरे आमलेट में टमाटर नहीं डालती।"

"यही बहुत है कि मैं तुझे रोज़ दो अंडे का आमलेट दे देती हूँ। इससे ज़्यादा मैं कुछ नहीं कर सकती।"

लड़की चुपचाप उठ खड़ी हुई, और मिसेज़ एडवर्ड्स से 'बाई बाई' कहकर बाहर निकल आई। उसका भाई कुर्सी को पीठ से पकड़े पल-भर खड़ा रहा, फिर कंधे हिलाकर वह भी बाहर चला आया। लड़की ज़ीने की तरफ मुड़ गई तो वह ड्राइंगरूम के सोफे पर बिखर गया।

"आज तुम्हारा जोड़ का दर्द कैसा है ?" किसी ने उससे पूछा।

"जैसा रोज़ रहता है," उसने होंठ सिकोड़कर कहा, "रॉटन !"

मिसेज़ एडवर्ड्स अंदर कुर्सी पर बैठी देर तक बड़बड़ाती रही।

यह शुरू अक्टूबर की बात थी। उसके बाद नवंबर के अंत तक छह-सात हफ्ते वह लड़की नहीं आई। वैसे वह हर आठवें-दसवें रोज़ आकर अपने भाई से मिल जाती थी, और उसका बिल चुका जाती थी। इतना लंबा वक्फा पड़ जाने से बिल के साथ-साथ मिसेज़ एडवर्ड्स के गुस्से का मवाद भी बरदाश्त की हद को पार करने लगा। वह रोज़ जमशेद से पूछती कि उसे अपनी बहन की कुछ खबर है या नहीं। जमशेद एक ही जवाब देता कि उसकी बहन जहन्नुम में चली गई है, और जल्द ही वह भी वहाँ जाने वाला है। मिसेज़ एडवर्ड्स कुढ़ती हुई अपने दरवाज़े तक आती और ड्राइंगरूम में बैठे लोगों के सामने अपना रोना रोने लगती। कहती कि वह औरत है, इसीलिए लोग उसे इतना तंग कर लेते हैं। उसका पति ज़िंदा होता तो किसकी मजाल थी जो इस तरह का व्यवहार करता।

मिसेज़ एडवर्ड्स और उसके परिवार के अलावा जमशेद दारूवाला ही उस होटल की एक निश्चित इकाई था। कोई बैरा या खानसामा भी वहाँ साल-भर से ज़्यादा नहीं टिकता था, जबकि जमशेद को वहाँ रहते डेढ़ साल से ऊपर हो गया था। वह भी पहले दो-तीन होटलों में हंगामा करने के बाद वहाँ आया था, वहाँ से भी दूसरे-तीसरे महीने उसे चले जाना पड़ता, पर मिसेज़ एडवर्ड्स को एक खास वजह से उसकी बहन का लिहाज़ रखना पड़ता था। जब-तब पाँचवीं मंज़िल के किसी कमरे के लिए उसकी ज़रूरत पड़ जाती थी, और वह हरबंससिंह टैक्सी ड्राइवर को भेजकर उसे बुलवा लिया करती थी।

जमशेद दारूवाला पहले दिन से ही अपनी बीमारी की लंबी-चौड़ी तफसील के साथ वहाँ आया था। उसके फेफड़े कमज़ोर थे, उसे जोड़ का दर्द था, और जब-तब उसका ब्लड-प्रेशर बढ़ जाता था। दो साल घर से गायब रहकर वह ये सब बीमारियाँ साथ ले आया था, और यह डॉक्टरी हिदायत भी कि कुछ दिन उसे पूरा आराम करना चाहिए, बहन के साथ उसके फ्लैट में रहने में दोनों को असुविधा थी, इसलिए उसके रहने का प्रबंध बहन ने होटल में कर दिया था।

जमशेद सवेरे देर से उठता। जब और लोग तैयार होकर बाहर जा रहे होते, तो वह दाँतों पर ब्रश करता हुआ बाथरूम की तरफ जाता। जब खाने का समय होता, तो वह नहाने के लिए गरम पानी की माँग करता। लगभग अढ़ाई बजे, जब बैरे छुट्टी कर जाते तो वह डाइनिंग रूम में आकर खाने के लिए चिल्लाने लगता। उस समय प्रायः मिसेज़ एडवर्ड्स की उससे झड़प हो जाती थी। मिसेज़ एडवर्ड्स इस कानूनी नुक्ते को लेकर लड़ती कि बाहर लगे बोर्ड के अनुसार खाने का वक्त बारह से दो बजे तक है—उसके बाद उसे गरम खाना नहीं दिया जा सकता। जमशेद की नज़र में मिसेज़ एडवर्ड्स को ऐसा कानून बनाने का कोई अधिकार नहीं था। एक बोर्डर की हैसियत से उसे यह हक हासिल था कि वह जिस समय चाहे, गरम खाने की माँग करे। मिसेज़ एडवर्ड्स बड़बड़ाती हुई खुद उसका खाना गरम करके देती थी। और जो भी बना होता, उसे लेकर फिर उनमें बहस हो जाती थी।

"खूब !" जमशेद प्लेट पर नज़र डालते ही कहता, "आज का क्या मीनू है, मिसेज़ एडवर्ड्स ? स्लाइस, काले पत्थर के टुकड़े और समुंदर का पानी ! सभी सेहतअफज़ा चीज़ें हैं।"

"परमात्मा के घर से अपनी अम्माँ को बुला ला, जो तेरे लिए इससे अच्छी चीज़ें बना दिया करे।"

"कुछ दिन और यहाँ का खाना खाऊँगा, तो मैं आप ही उसके पास पहुँच जाऊँगा।"

और मिसेज़ एडवर्ड्स रोज़ किसी न किसी के सामने घोषणा करती कि वह चौबीस घंटे के अंदर-अंदर उससे कमरा खाली करवा लेगी।

मिसेज़ एडवर्ड्स के अलावा आसपास के कमरों में रहने वाले लोगों से भी जमशेद के आदान-प्रदान चलते रहते थे। हर कमरे में जाकर वहाँ ठहरे हुए लोगों से परिचय कर लेना उसकी हॉबी थी। परिचय के बाद शीघ्र ही वह हर एक से बेतकल्लुफ हो जाता, और उससे ड्रिंक की या छोटे-मोटे कर्ज़ की माँग करने लगता। डेढ़ साल के इतिहास में उसने किसी का कर्ज़ कभी लौटाया नहीं था—सिवाय एक कर्ज़ के, जो मारपीट की नौबत आ जाने से मिसेज़ एडवर्ड्स ने उसकी तरफ से अदा कर दिया था, और उसके हिसाब में उसकी बहन से वसूल कर लिया था। नीले या पीले रंग की टी-शर्ट पहने वह ड्राइंगरूम के सोफे पर लेटा सीटी बजाता रहता। किसी भी जवान लड़की के पास से गुज़रने पर उसकी सीटी की आवाज़ ऊँची हो जाती। उसका एक हाथ माथे की लटों से खेलता रहता और दूसरा तरह-तरह की नाटकीय मुद्राओं में अभिनय करता रहता। कोई उससे उसका परिचय पूछता, तो वह माथे की लट को पीछे झटककर अदा के साथ कहता, "मैं एक आर्टिस्ट हूँ।"

फिर वह यह स्पष्ट करता कि अभी वह बीमार है—ठीक होने पर फैसला करेगा कि अपने किस आर्ट को डेवेलप करे। शौक उसे सभी कलाओं का था, जिसका थोड़ा बहुत प्रदर्शन वह वहाँ करता रहता था। कभी कार्टून बनाता और कभी अभिनय के साथ फिल्मी धुनें गाया करता। बहुत दिनों से कोई उसे ड्रिंक देने या सिनेमा दिखाने वाला नहीं मिला था, इसलिए आजकल उस पर निराशा का भूत सवार था। वह प्रायः बगलों में हाथ दबाए खिड़की के पास सड़क से गुज़रती बसों और ट्रामों को देखता रहता। उसकी दाढ़ी तीन-तीन दिन की बढ़ी रहती। मिसेज़ एडवर्ड्स की छोटी लड़की रोज़ा जब भी उसके पास से गुज़रती, वह उसके गाल मसल देता। उसका नहाने-खाने का वक्त अब पहले से भी अनिश्चित हो गया था। कभी कोई उसकी बहन के बारे में पूछ लेता, तो वह दाँत भींचकर कहता, "अपने किसी यार के साथ भाग गई होगी···कुतिया !"

कभी वह उतरकर नीचे सड़क पर चला जाता और मुँह उठाए बस-स्टॉप के पास खड़ा रहता। घरघराहट, घंटियों की टन्-टन् और हिस्सु-हिस्सु-हिस्सु की आवाज़···वह जड़ नज़र से पास से गुज़रती दुनिया को देखता रहता। अँधेरा होने

पर कई छायाएँ फुटपाथ के खंभों के साथ सटी हुई नज़र आतीं—टाँगें सीधी, जिस्म तने हुए और आँखें इधर-उधर देखती हुई, सामने रीगल की बत्तियाँ चमकती दिखाई देतीं। बस-स्टैंड के अँधेरे में खड़ी कोई आकृति व्यस्तता प्रकट करती हुई बार-बार घड़ी की तरफ देखती। टैक्सियों के दायरे के पास खड़ी कोई आकृति वातावरण के प्रति उदासीनता प्रकट करती हुई बार-बार गले का पसीना पोंछती, या मुँह के आगे रूमाल रखकर ज़रा-ज़रा खाँसती। वह आँखें गड़ाकर उन सबको देखता। पेट्रोल पंप के पास खड़े छोकरे, रूखे बालों पर हाथ फेरते हुए, एक-दूसरे को आँखों से इशारा करते। थोड़ी देर में वे आकृतियाँ टैक्सियों में दाखिल हो जातीं, और टैक्सियाँ दाएँ और बाएँ मुड़कर भीड़ में खो जातीं। उसकी आँखें उधर से हटतीं, तो रीगल की बत्तियों से चुँधिया जातीं—इन्ग्रिड बर्गमेन और ग्रेनरी पेक एक अभिजात भावातिरेक की मुद्रा में···जेनिफर जोंस, विभोर होकर क्रॉस के सामने झुकी हुई···।

तभी वह चौंककर किसी बस या ट्राम की खिड़की की तरफ देखता, जो आँखें स्थिर होने से पहले ही सामने से ओझल हो जातीं।

दिन में एकाध बार वह बहन के फ्लैट पर भी हो आता। वहाँ हर समय उसे ताला लगा मिलता। हरबंस टैक्सी ड्राइवर ने बताया था कि वह जब भी वहाँ गया है, उसने भी ताला ही लगा देखा है। छह-सात हफ्ते से किसी टैक्सी ड्राइवर को वह नहीं मिली थी। लगता यही था कि किसी के साथ बंबई से बाहर चली गई होगी, या शायद···।

जमशेद रात को देर-देर तक मैरीन ड्राइव पर या इंडिया गेट[1] के पास घूमता रहता। नैरीमन पाइंट की सीढ़ियों पर वह तब तक बैठा रहता, जब तक समुद्र का पानी उसकी टाँगों तक न बढ़ आता। रात की रोशनी में चमकती सुनसान सड़कों पर से लौटते हुए उसे लगता कि वह चल नहीं रहा, किसी तरह अपने को घसीटकर आगे ले जा रहा है। वह देर से वापस आकर उस बिल्डिंग का दरवाज़ा खटखटाता, तो पहले उसे चौकीदार की बड़बड़ाहट सुननी पड़ती। फिर जीने में बिखरकर सोए व्यक्तियों के ऊपर से लाँघना पड़ता। कमरा खोलते हुए साथ के किसी कमरे से खाँसी की आवाज़ सुनाई देती। वह पलंग पर लेट जाता, तो खाँसी की आवाज़ आसपास के सारे वातावरण को छा लेती। वह कई-कई बार तकिए की स्थिति बदलता, या पैताने होकर सोने की कोशिश करता। खाँसी की आवाज़ बंद होती,

1. गेट वे ऑफ़ इंडिया—सं०

तो कहीं से घड़ी की टिक्-टिक् सुनाई देने लगती।...सुबह जब उसकी आँख खुलती तो बारह-साढ़े बारह बज चुके होते। कमरे से निकलते ही मिसेज़ एडवर्ड्स से उसका टकराव हो जाता। उसे देखते ही मिसेज़ एडवर्ड्स की त्योरियाँ चढ़ जातीं, और वह किसी और की तरफ देखकर कहती, "लो, साहब उठ खड़ा हुआ है !"

वह दाँतों को ब्रश से रगड़ता हुआ उसके पास से निकलकर चला जाता।

उधर से लौटकर आता, तो भी मिसेज़ एडवर्ड्स कोई वैसी ही बात कह देती, "अब दो बजे साहब नाश्ता करेगा।"

"दो बजे नहीं, तीन बजे करेगा साहब नाश्ता !" एक दिन जमशेद बुरी तरह भड़क उठा, "तुम्हारे पेट में क्यों तकलीफ होती है ?"

मिसेज़ एडवर्ड्स तमककर खड़ी हो गई, "मुझे तकलीफ होती है क्योंकि मेरा पैसा लगता है। तेरा बाप यहाँ मेरे लिए अपनी जायदाद नहीं छोड़ गया है।"

"बक नहीं, हरामज़ादी।"

"क्याऽऽ ?" मिसेज़ एडवर्ड्स गुस्से में सब कुछ भूल गई। "तू शरम से डूब नहीं मरता ? बहन के पाप की कमाई से रोटी खाता है, और मेरे सामने आँखें तरेरता है ! थू है तेरे जैसे आदमी पर ! थू...थू..."

जमशेद के हाथ ऐसे हिले जैसे अभी उसे गले से पकड़ लेगा। पर उसके घुटने नहीं हिले और वह जकड़ा-सा अपनी जगह खड़ा रहा। मिसेज़ एडवर्ड्स पाँच नंबर के सेठ के सामने जाकर रोने लगी, "सुना तुमने सेठजी ! यह आदमी मुझे हरामज़ादी कह रहा है। मेरे होटल में रहकर, मेरी रोटी खाकर मुझे गाली देते इसे शरम नहीं आई। बेशरम, बेहया ! मेरा मर्द आज ज़िंदा होता तो देखती कि कौन मुझे इस तरह गाली देता है !"

जमशेद दाँत भींचे तेज़ी से मुड़ा, और उसने कमरे में जाकर धम् से दरवाज़ा बंद कर लिया। कुछ देर बाद पतलून-कमीज़ पहने वह उसी ओर तेज़ी के साथ निकला, और किवाड़ ज़ोर से पीछे को धकेलकर ज़ीने से नीचे चला गया।

उसके बाद वह फिर लौटकर नहीं आया।

रात के ग्यारह बजे तक मिसेज़ एडवर्ड्स इंतज़ार करती रही। उसके बाद उसने कमरे को ताला लगवा दिया। तीन दिन वह ड्राइंगरूम में हर एक के सामने रोती-कलपती रही। चौथी रात उसने दो आदमियों के सामने ताला खोला और सामान की जाँच की। कपड़ों वाला ट्रंक खुला था। मुचड़ा हुआ नाइट-सूट चारपाई पर पड़ा था। मेज़ पर दवाई की कुछ शीशियाँ और एक खाली पोस्टकार्ड रखा था। एक टॉनिक की शीशी अभी खोली नहीं गई थी। फर्श पर टूटी हुई काली बाथरूम

चप्पल, दो-एक बकल्ज और पुराने बदबूदार मोज़े पड़े थे। ज़ंग खाए शीशे के पास टूटी हुई कंघी और बदनुमा-सा शेव का सामान रखा था। तकिए के नीचे एक फटी हुई किताब थी—'हाऊ टु विन फ्रेंड्स एण्ड एन्फ्लुएंस पीपल !'

वे सब चीज़ें बैरे से उठवाकर उसने अपने कमरे के एक कोने में रखवा दीं। सारा समय वह दूसरों को सुनाकर कहती रही, "यह कूड़ा मेरे लिए छोड़ गया है ? मैं इसे हाथ से छुऊँगी भी नहीं। मेरे सात हफ्ते का बिल है। लोग मेरे एहसान का मुझे यह बदला देते हैं...!"

अगले दिन छह नंबर कमरे में नया किराएदार आ गया।

इसके अट्ठारह-बीस दिन बाद एक शाम को, जब दो-एक व्यक्ति ड्राइंगरूम में चाय पी रहे थे, वह दुबली लड़की जीने से आकर क्षण-भर के लिए ड्योढ़ी में रुकी, फिर रूमाल से माथे का पसीना पोंछती हुई अंदर आ गई। ड्राइंगरूम में बैठे व्यक्तियों की आँखों में फिर सवालिया संकेत पैदा हुए। एक ने कंधे झटक दिए, दूसरा मुँह बनाकर चाय पीने में व्यस्त हो रहा।

लड़की ने छह नंबर कमरे का दरवाज़ा खटखटाया। दरवाज़ा खुलने पर वह थोड़ी अचकचा गई।

"जमशेद दारूवाला यहाँ नहीं है ?" उसने पूछा।

"उस कमरे में जाकर पूछना माँगता है," उसे जवाब मिला, "होटल का प्रोप्राइट्रेस उधर रहता है।"

लड़की ने मिसेज़ एडवर्ड्स का दरवाज़ा खटखटाया। मिसेज़ एडवर्ड्स उसे देखकर अचकचा गई।

"यू मिस दारूवाला...?"

"येस् मिसेज़ एडवर्ड्स।"

"आओ, आओ !" उसने उसे अंदर दाखिल करते हुए कहा, "लेकिन वह... तुम्हारा भाई...वह कहाँ है ?"

"वह यहाँ नहीं है ?"

"यहाँ ?" मिसेज़ एडवर्ड्स के गले से एक अजीब-सी आवाज़ पैदा हुई। "यहाँ से तो वह कई दिन हुए भाग गया है। वट ए मैन ! बैठो, कुरसी लो।"

लड़की कुरसी की बाँहें पकड़कर बैठ गई। मेज़ पर हिसाब का रजिस्टर और रसीद की कॉपियाँ करीने से रखी थीं। टाइम-पीस के काले डायल के आगे सफेद सुइयाँ चमक रही थीं। हर चीज़ जैसे घड़ी की आवाज़ के साथ टिक्-टिक् कर रही थीं। लड़की ने होंठों पर ज़बान फेरी। मिसेज़ एडवर्ड्स ने अपनी कुरसी का रुख

बदल लिया।

"कितने दिन हुए उसे यहाँ से गए ?" लड़की के गले में कुछ खराश आ गई थी।

"आज बाईस-तेईस दिन हो गए।"

लड़की सूनी आँखों से मिसेज़ एडवर्ड्स के चेहरे को देखती रही—जैसे वह चेहरा न होकर कोई बेजान चीज़ हो। उसके माथे पर पसीने की बूँदें झलक आईं।

"तुम इतने दिन कहाँ थीं ?" मिसेज़ एडवर्ड्स ने पूछा, "मैं रोज़ हरबंससिंह से पता करती रही हूँ। वह कहता था···।"

"मैं अस्पताल में थी," लड़की कठिनाई से शब्दों को ज़बान पर ला पाई।

"अस्पताल में ?" मिसेज़ एडवर्ड्स के चेहरे पर थोड़ी कोमलता आ गई। "बीमार थी ?"

लड़की ने रूमाल से माथे का पसीना पोंछ लिया। "मेरा ऑपरेशन हुआ था।"

"ऑपरेशन ? किस चीज़ का ऑपरेशन ?"

लड़की की आँखें ऊपर उठीं और झुक गईं। मिसेज़ एडवर्ड्स की आँखें उसके चेहरे को टटोलती रहीं।

"तुम्हारा मतलब है तुमने···?"

लड़की की आँखें फिर उठीं और झुक गईं।

"चूच्-चूच्···!" मिसेज़ एडवर्ड्स की त्योरियाँ गहरी हो गईं।

लड़की की आँखें कई क्षण उठी रहीं और उसके होंठ काँपते रहे। मिसेज़ एडवर्ड्स ने एक लंबी साँस ली। लड़की कुछ क्षण अपने में खोई रही। फिर सहसा उठ खड़ी हुई।

"तुम्हारे भाई का सामान पड़ा है," मिसेज़ एडवर्ड्स ने कोने की तरफ इशारा कर दिया।

लड़की कई क्षण कोने में पड़ी चीज़ों को देखती रही।

"इन्हें बेचकर पैसे हिसाब में जमा कर लेना," उसने कहा।

"लेकिन," मिसेज़ एडवर्ड्स भी बिल-बुक को सहलाती हुई खड़ी हो गई। "इनमें बिकने वाली चीज़ तो कोई भी नहीं है। उसका सात हफ्ते तीन दिन का बिल बाकी है।"

"जितना बाकी है, मैं दे जाऊँगी।"

"यही समझो कि पूरा ही बाकी है।"

"मैं दे जाऊँगी।"

और जल्दी से दरवाज़ा खोलकर वह ज़ीने की तरफ बढ़ गई। फुटपाथ पर आकर वह सड़क पर से जाती धुँधली रेखाओं को देखती रही। फिर साधना रेस्तराँ के अंदर चली गई। सामने प्लेटफार्म पर कई जगह शतरंज की बाज़ियाँ चल रही थीं। गंभीर चेहरे, गंभीर आँखें और बगुलों की तरह मोहरों पर पड़ते हाथ···। लड़की ने चेहरा सख्त किए हुए दो-एक बार आँखों पर रूमाल फेरा, फिर अच्छी तरह आँखों को रूमाल से दबा लिया। मोहरों को उठाते हाथ क्षण-भर के लिए रुके, और गंभीर चेहरों की रेखाएँ कुछ और गहरी हो गईं। बैरा पास आया, तो लड़की ने धुँधली आँखों से बैरे की तरफ देखा और सहसा उठकर रेस्तराँ से बाहर आ गई। पटरी के चिकने पत्थरों पर अस्थिर कदम रखती हुई वह बस-स्टॉप के पास आकर खड़ी हो गई।

भीड़ से लदी बसें और ट्रामें म्यूज़ियम की तरफ जा रही थीं, या उधर से इस तरफ आ रही थीं। टैक्सियों के दायरे में कितनी ही टैक्सियाँ जमा थीं। आर्ट गैलरी के बाहर बहुत भीड़ थी। शायद वहाँ कोई प्रदर्शनी चल रही थी। बस पकड़ने वालों की क्यू धीरे-धीरे आगे को सरक रही थी। लड़की देर तक जड़-सी अपनी जगह पर खड़ी रही और इधर से उधर और उधर से इधर देखती रही। ●

सुहागिनें

कमरे में दाखिल होते ही मनोरमा चौंक गई। काशी उसकी साड़ी का पल्ला सिर पर लिए ड्रेसिंग टेबल के पास खड़ी थी। उसके होंठ लिपस्टिक से रँगे थे और चेहरे पर बेहद पाउडर पुता था, जिससे उसका साँवला चेहरा डरावना लग रहा था। फिर भी वह मुग्धभाव से शीशे में अपना रूप निहार रही थी। मनोरमा उसे देखते ही आपे से बाहर हो गई।

"माई," उसने चिल्लाकर कहा, "यह क्या कर रही है ?"

काशी ने हड़बड़ाकर साड़ी का पल्ला सिर से हटा दिया और ड्रेसिंग टेबल के पास से हट गई। मनोरमा के गुस्से के तेवर देखकर पल-भर तो वह सहमी रही, फिर अपने स्वाँग का ध्यान हो आने से हँस दी।

"बहनजी, माफी दे दें," उसने मिन्नत के लहजे में कहा, "कमरा ठीक कर रही थी, शीशे के सामने आई, तो ऐसे ही मन कर आया। आप मेरी तनखाह में से पैसे काट लेना।"

"तनखाह में से पैसे काट लेना !" मनोरमा और भी भड़क उठी, "पंद्रह रुपए तनखाह है और बेगम साहब साढ़े छह रुपए लिपस्टिक के कटवाएँगी। कमबख्त रोज़ प्लेटें तोड़ती है, मैं कुछ नहीं कहती। घी, आटा, चीनी चुराकर ले जाती है, और मैं देखकर भी नहीं देखती। सारा स्टाफ शिकायत करता है, कुछ काम नहीं करती, किसी का कहा नहीं मानती। कमेटी के मेंबर अलग मेरी जान खाते हैं कि इसे दफा करो, रोज़-रोज़ अपना रोना लेकर हमारे यहाँ आ मरती है। मैं फिर भी तरह दे जाती हूँ कि निकाल दिया, तो दर-बदर मारी-मारी न फिरे—और उसका तू मुझे यह बदला देती है ? कमीनी कहीं की !"

उसने बेंत की कुर्सी को इस तरह अपनी तरफ खींचा, जैसे उसी ने कोई अपराध किया हो, और उस पर बैठकर माथे को अपने ठंडे हाथ से मल लिया। काशी चुपचाप रही।

"चालीस की होने को आई, मगर बाँकपन की चाह अब भी बाकी है !" मनोरमा फिर बड़बड़ाई। "छिनाल कहीं की !"

सिर को झटककर उसने आँखें मूँद लीं। दिन-भर की स्कूल की बक-झक से दिमाग वैसे ही खाली हो रहा था। शरीर भी थका था। वह उस समय पब्लिक लाइब्रेरी से होकर मिलिट्री लाइंज़ का बड़ा राउंड लगाकर आई थी। निकली यह सोचकर थी कि घूमने से मन में कुछ ताज़गी आएगी, मगर लौटते हुए मन पर अजीब भारीपन छा गया था। क्वार्टर से आधी मील दूर थी जब सूरज डूब गया था। तब कुछ क्षणों के लिए उसे अपना-आप हलका-हलका-सा लगा था। हवा, पेड़ों के हिलते पत्ते और अस्त-व्यस्त बिखरे बादलों के टुकड़े, हर चीज़ में एक मादक स्पर्श का अनुभव हुआ था। सड़क पर फैली संध्या की फीकी चाँदनी धीरे-धीरे रंग पकड़ रही थी। वह साड़ी का पल्ला पीछे को कसकर कई कदम तेज़-तेज़ चल गई। मगर टैंकी के मोड़ तक पहुँचते-पहुँचते सारा उत्साह गायब हो गया। जब स्कूल के गेट के पास पहुँची तो अंदर पैर रखने को भी मन नहीं था। मगर उसने किसी तरह मन को बाँधा और लोहे के गेट को हाथ से धकेल दिया। गर्ल्ज़ हाई-स्कूल की हेड मिस्ट्रेस रात को देर तक सड़कों पर अकेली कैसे घूम सकती थी ? बुझे मन से क्वार्टर की सीढ़ियाँ चढ़ी, तो यह माजरा सामने आ गया।

उसने आँखें खोलीं, तो काशी को उसी तरह खड़ा देखकर उसका गुस्सा और बढ़ गया। जैसे उसे आशा थी कि उसके आँखें बंद करने और खोलने के बीच काशी सामने से हट जाएगी।

"अब खड़ी क्यों है ?" उसने डाँटकर कहा। "जा यहाँ से।"

काशी के चेहरे पर डाँट का कोई खास असर दिखाई नहीं दिया। वह बल्कि पास आकर फर्श पर बैठ गई।

"बहनजी, हाथ जोड़ रही हूँ, माफी दे दो।" उसने मनोरमा के पैर पकड़ लिए। मनोरमा पैर हटाकर कुर्सी से उठ खड़ी हुई।

"तुझसे कह दिया है, इस वक्त चली जा, मुझे तंग न कर।" कहकर वह खिड़की की तरफ चली गई। काशी भी उठकर खड़ी हो गई।

"चाय बना दूँ ?" उसने कहा। "घूमकर थक गई होंगी।"

"तू जा, मुझे चाय-वाय नहीं चाहिए।"

"तो खाना ले आती हूँ।"

मनोरमा कुछ न कहकर मुँह दूसरी तरफ किए रही।

"बहनजी, मिन्नत कर रही हूँ, माफी दे दो।"

मनोरमा चुप रही। सिर्फ उसने सिर को हाथ सें दबा लिया।

"सिर में दर्द है तो सिर दबा देती हूँ।" काशी अपने हाथ पल्ले से पोंछने

लगी।

"तुझसे कह दिया है, जा, मेरा सिर क्यों खा रही है ?" मनोरमा ने चिल्लाकर कहा। काशी चोट खाई-सी पीछे हट गई। पल-भर अवाक् भाव से मनोरमा की तरफ देखती रही। फिर निकलकर बरामदे में चली गई। वहाँ से कुछ कहने के लिए मुड़ी, मगर बिना कहे चली गई। जब तक लकड़ी के ज़ीने पर उसके पैरों की आवाज़ सुनाई देती रही, मनोरमा खिड़की के पास खड़ी रही। फिर आकर सिर दबाए बिस्तर पर लेट गई।

उसे लगा, इसमें सारा कसूर उसी का है। और कोई हेड मिस्ट्रेस होती, तो कब का इस औरत को निकालकर बाहर करती। वह जितना उसे तरह देती थी, उतना ही वह उसकी कमज़ोरी का फायदा उठाती थी। उसके बच्चों की भी वह कितनी शैतानियाँ बर्दाश्त करती थी ! दिन-भर उसके क्वार्टर की सीढ़ियों पर शोर मचाते रहते थे और स्कूल के कंपाउंड को गंदा करते रहते थे। उसने एक बार उन्हें गोलियाँ ला दी थीं। तब से उसे देखते ही उसकी साड़ी से चिपटकर गोलियाँ माँगने लगते थे। उसने कितना चाहा था कि वे साफ रहना सीख जाएँ। बड़ी लड़की कुंती की तो चड्डियाँ भी उसने अपने हाथ से सी दी थीं। मगर उससे कोई फर्क नहीं पड़ा। वे उसी तरह गंदे रहते थे और उसी तरह गुलगपाड़ा मचाए रखते थे। पिछली बार इंस्पेक्शन के दिन उन्होंने कंपाउंड के फर्श पर कोयले से लकीरें खींच दी थीं, जिससे दूसरी बार सारे कंपाउंड की सफाई करानी पड़ी थी। कई बार वे बाहर से आए अतिथियों के सामने जीभें निकाल देते थे। वही थी जो सब बर्दाश्त किए जाती थी।

कुछ देर वह छत की तरफ देखती रही। फिर उठकर बरामदे में चली गई। लकड़ी के बरामदे में अपने ही पैरों की आवाज़ से शरीर में कँपकँपी भर गई। उसने मुँडेर के खंभे पर हाथ रख लिया। अहाते में खुली चाँदनी फैली थी। ईंटों के फर्श पर सीमेंट की लकीरें एक इंद्रजाल-सी लगती थीं। स्कूल के बरामदे में पड़े डेस्क-स्टूल और ब्लैक-बोर्ड ऐसे लग रहे थे जैसे डरावनी सूरतों वाले भूत-प्रेत अपने गार के अंदर से बाहर झाँक रहे हों। देवदार का घना जंगल जैसे ठंडी चाँदनी के स्पर्श से सिहर रहा था। वैसे बिलकुल सन्नाटा था।

काशी के क्वार्टर में इस वक्त इतनी खामोशी कभी नहीं होती थी। आम तौर पर नौ-दस बजे तक बच्चे चीखते-चिल्लाते रहते थे। इस समय लग रहा था जैसे उस क्वार्टर में कोई रहता ही न हो। रोशनदान में गत्ते लगे रहने से यह भी पता नहीं चल रहा था कि अंदर लालटेन जल रही है या नहीं। मनोरमा ने खंभे को और

भी अच्छी तरह थाम लिया जैसे पास में उसका वही एक आत्मीय हो जिसे वह अपने प्रति सचेत रखना चाहती हो। देवदारों के झुरमुटों में से गुज़रती हवा की आवाज़ पास आई और दूर चली गई।

"कुंती !" मनोरमा ने आवाज़ दी।

उसकी आवाज़ को भी हवा दूर, बहुत दूर ले गई। जंगल की सरसराहट फिर एक बार बहुत पास चली आई। काशी के क्वार्टर का दरवाज़ा खुला और कुंती अपने में सिमटती-सी बाहर निकली। मनोरमा ने सिर के इशारे से उसे ऊपर आने को कहा। कुंती ने एक बार अपने क्वार्टर की तरफ देखा और—और भी सिमटती हुई ऊपर चली आई।

"तेरी माँ क्या कर रही है ?" मनोरमा ने कोशिश की कि उसकी आवाज़ रूखी न लगे।

"कुछ भी नहीं।" कुंती ने सिर हिलाकर कहा।

"कुछ तो कर रही होगी···।"

"रो रही है।"

"क्यों, रो क्यों रही है ?"

कुंती चुप रही। मनोरमा भी चुप रहकर नीचे देखने लगी।

"तुम लोगों ने रोटी नहीं खाई ?" पल-भर रुककर उसने पूछा।

"रात की बस से बापू को आना है। माँ कहती थी, सब लोग उसके आने पर ही रोटी खाएँगे।"

मनोरमा के सामने जैसे सब कुछ स्पष्ट हो गया। तीन साल के बाद अजुध्या आ रहा है, यह बात काशी उसे बता चुकी थी। तभी आज आईने के सामने जाने पर उसके मन में पाउडर और लिपस्टिक लगाने की इच्छा जाग आई थी। उसके बच्चे भी शायद इसीलिए आज इतने खामोश थे। उनका बापू आ रहा था···बापू···जिसे उन्होंने तीन साल से देखा नहीं था, और जिसे शायद वे पहचानते भी नहीं थे। या शायद पहचानते थे—एक मोटी सख्त आवाज़ और तमाचे जड़ने वाले हाथों के रूप में···।

"जा, और अपनी माँ को ऊपर भेज दे," उसने कुंती का कंधा थपथपा दिया। "कहना, मैं बुला रही हूँ।"

कुंती बाँहें और कंधे सिकोड़े नीचे चली गई। थोड़ी देर में काशी ऊपर आ गई। उसकी आँखें लाल थीं और वह बार-बार पल्ले से अपनी नाक पोंछ रही थी।

"मैंने ज़रा-सी बात कह दी और तू रोने लगी ?" मनोरमा ने उसे देखते ही

कहा।

"बहनजी, नौकर-मालिक का रिश्ता ही ऐसा है !"

"गलत काम करने पर ज़रा भी कुछ कह दो, तो तू रोने लगती है !" मनोरमा जैसे किसी टूटी हुई चीज़ को जोड़ने लगी। "जा, अंदर गुसलखाने से हाथ-मुँह धो आ।"

मगर काशी नाक और आँखें पोंछती हुई वहीं खड़ी रही। मनोरमा एक हाथ से दूसरे हाथ की उँगलियाँ मसलने लगी। "अजुध्या आज आ रहा है ?" उसने पूछा।

काशी ने सिर हिला दिया।

"कुछ दिन रहेगा या जल्दी चला जाएगा ?"

"चिट्ठी में तो यही लिखा है कि ठेका उठाकर चला जाएगा।"

मनोरमा जानती थी कि अजुध्या की खानदानी ज़मीन पर सेब के कुछ पेड़ हैं, जिनका हर साल ठेका उठता है। पिछले साल काशी ने सवा सौ में ठेका दिया था और उससे पिछले साल डेढ़ सौ में। पिछले साल अजुध्या ने उसे बहुत सख्त चिट्ठी लिखी थी। उसका खयाल था कि काशी ठेकेदारों से कुछ पैसे अलग से लेकर अपने पास रख लेती है। इसलिए इस बार काशी ने उसे लिख दिया था कि ठेका उठाने के लिए वह आप ही वहाँ आए; वह रुपए-पैसे के मामले में किसी की बात सुनना नहीं चाहती। पाँच साल हुए अजुध्या ने उसे छोड़कर दूसरी औरत कर ली थी और उसे लेकर पठानकोट में रहता था। वहीं उसने एक छोटी-सी परचून की दुकान डाल रखी थी। काशी को वह खर्च के लिए एक पैसा भी नहीं भेजता था।

"सिर्फ ठेका उठाने के लिए ही पठानकोट से आ रहा है ?" मनोरमा ने ऐसे कहा जैसे सोच कुछ और ही रही हो। "आधे पैसे तो उसके आने-जाने में निकल जाएँगे।"

"मैंने सोचा, इस बहाने एक बार यहाँ हो जाएगा, और बच्चों से मिल जाएगा !" काशी की आवाज़ फिर कुछ भीग गई, "फिर उसकी तसल्ली भी हो जाएगी कि आजकल इन सेबों का डेढ़ सौ कोई नहीं देता।"

"अजीब आदमी है !" मनोरमा हमदर्दी के स्वर में बोली, "अगर सचमुच तू कुछ पैसे रख भी ले तो क्या है ? आखिर तू उसी के बच्चों को तो पाल रही है। चाहिए तो यह कि हर महीने वह तुझे कुछ पैसे भेजा करे। उसकी जगह वह इस तरह की बातें करता है।"

"बहनजी, मर्द के सामने किसी का वश चलता है ?" काशी की आवाज़ और

भीग गई।

"तो तू क्यों उससे नहीं कहती कि…?" कहते-कहते मनोरमा ने अपने को रोक लिया। उसे याद आया कि कुछ दिन हुए एक बार सुशील की चिट्ठी आने पर काशी उससे इसी तरह की बातें पूछती रही थी, जो उसे अच्छी नहीं लगी थीं। काशी ने कई सवाल पूछे थे—कि बाबूजी आप इतना कमाते हैं तो उससे नौकरी क्यों कराते हैं ? कि उनके अभी तक कोई बच्चा-अच्चा क्यों नहीं हुआ ? और कि वह अपनी तनखाह अपने ही पास रखती है या बाबूजी को भी कुछ भेजती है ! तब उसने काशी की बातों को हँसकर टाल दिया था, मगर अपने अंदर उसे महसूस हुआ था कि उसके मन की कोई बहुत कमज़ोर सतह उन बातों से छू गई है और उसका मन कई दिन तक उदास रहा था।

"रोटी ले आऊँ ?" काशी ने आवाज़ को थोड़ा सहेजकर पूछा।

"नहीं, मुझे अभी भूख नहीं है," मनोरमा ने काफी मुलायम स्वर में कहा, जिससे काशी को विश्वास हो जाए कि अब वह बिलकुल नाराज़ नहीं है। "जब भूख लगेगी, मैं खुद ही निकालकर खा लूँगी। तू जाकर अपने यहाँ का काम पूरा कर ले, अजुध्या अब आने वाला ही होगा। आखिरी बस नौ बजे पहुँच जाती है।"

काशी चली गई तो भी मनोरमा खंभे का सहारा लिए काफी देर खड़ी रही। हवा तेज़ हो गई थी। उसे अपने मन में बेचैनी महसूस होने लगी। उसे वे दिन याद आए जब ब्याह के बाद वह और सुशील साथ-साथ पहाड़ों पर घूमा करते थे। उन दिनों लगता था कि उस रोमांच के सामने दुनिया की हर चीज़ हेच है। सुशील उसका हाथ भी छू लेता तो शरीर में एक ज्वार उठ आता था और रोयाँ-रोयाँ उस ज्वार में बह चलता था। देवदार के जंगल की सारी सरसराहट जैसे शरीर में भर जाती थीं। अपने को उसके शरीर में खो देने के बाद जब सुशील उससे दूर हटने लगता तो यह उसे और भी पास कर लेना चाहती थी। वह कल्पना में अपने को एक छोटे-से बच्चे को अपने में लिए हुए देखती और पुलकित हो उठती। उसे आश्चर्य होता कि क्या सचमुच एक हिलती-डुलती काया उसके शरीर के अंदर से जन्म ले सकती है। कितनी बार वह सुशील से कहती थी कि वह आश्चर्य को अपने अंदर अनुभव करके देखना चाहती है। मगर सुशील इसके हक में नहीं था। वह नहीं चाहता था कि अभी कुछ साल वे एक बच्चे को घर में आने दें। उससे एक तो उसका फिगर खराब होने का डर था, फिर उसकी नौकरी का भी सवाल था। सुशील नहीं चाहता था कि वह नौकरी छोड़कर बस घर-गृहस्थी के लायक ही हो रहे। साल-छह महीने में सुशील को अपनी बहन उम्मी का ब्याह करना था।

उसके दो छोटे भाई कॉलेज में पढ़ रहे थे। उन दिनों उनके लिए एक-एक पैसे की अपनी कीमत थी। वह कम से कम चार-पाँच साल एहतियात से चलना चाहता था। हज़ार चाहने पर भी वह सुशील के सामने हठ नहीं कर सकी थी। मगर जब भी सुशील के हाथ उसके शरीर को सहला रहे होते तो एक अज्ञात शिशु उसकी बाँहों में आने के लिए मचलने लगता। वह जैसे उसकी किलकारियाँ सुनती और उसके कोमल शरीर के स्पर्श का अनुभव करती। ऐसे क्षणों में कई बार सुशील का चेहरा उसके लिए बच्चे का चेहरा बन जाता और वह उसे अच्छी तरह अपने साथ सटा लेती। उसका मन होता कि उसे थपथपाए और लोरियाँ दे।

सुशील की चिट्ठी आए इस बार बहुत दिन हो गए थे। उसने उसे लिखा भी था कि वह जल्दी जवाब दिया करे, क्योंकि उसकी चिट्ठी न आने से अपना अकेलापन उसके लिए असह्य हो जाता है। कई दिनों से वह सोच रही थी कि सुशील को दूसरी चिट्ठी लिखे, मगर स्वाभिमान उसे इससे रोकता था। क्या सुशील को इतनी फुर्सत भी नहीं थी कि उसे कुछ पंक्तियाँ ही लिख दे ?

हवा का तेज़ झोंका आया। देवदारों की सरसराहट कई-कई घाटियाँ पार करती दूर के आकाश में जाकर खो गई। सामने की पहाड़ी के साथ-साथ रोशनी के दो दायरे रेंगते आ रहे थे। शायद पठानकोट से आखिरी बस आ रही थी। चाँदनी में गेट की मोटी सलाखें चमक रही थीं। हवा धक्के दे-देकर जैसे गेट का ताला तोड़ देना चाहती थी। मनोरमा ने एक लंबी साँस ली और अंदर को चल दी। वह अपने को उस समय रोज़ से कहीं ज़्यादा अकेली महसूस कर रही थी।

अगली शाम मनोरमा घूमकर लौटी, तो कंपाउंड में दाखिल होते ही ठिठक गई। काशी के क्वार्टर से बहुत शोर सुनाई दे रहा था। अजुध्या ज़ोर से गाली बकता हुआ काशी को पीट रहा था। काशी गला फाड़-फाड़कर रो रही थी। मनोरमा गुस्से से भन्ना उठी। कमेटी के नियम के मुताबिक किसी मर्द को स्कूल की चारदीवारी में रात को ठहरने की इजाज़त नहीं थी। उसने खास रियायत करके उसे वहाँ ठहरने की इजाज़त दी थी। और वह आदमी था कि वहाँ रहकर इस तरह की हरकत कर रहा था ! मनोरमा का ध्यान काशी को पड़ती मार की तरफ नहीं गया, इसी तरफ गया कि जो कुछ हो रहा है, उसमें स्कूल की बदनामी है और स्कूल की बदनामी का मतलब है, हेड-मिस्ट्रेस की बदनामी···।

वह तेज़ी से क्वार्टर की सीढ़ियाँ चढ़ गई। खट्-खट्-खट्—उसके सैंडिल लकड़ी के ज़ीने पर आवाज़ कर उठे। उसे समझ नहीं आ रहा था कि वह क्या

करे। काशी को बुलाकर कहे कि अजुध्या को फौरन यहाँ से भेज दे ? या अजुध्या को ही बुलाकर डाँटे और कहे कि वह सुबह होने तक यहाँ से चला जाए ?

बरामदे में पैर रखते ही उसने देखा कि कुंती एक कोने में सहमी-सी बैठी है और डरी हुई आँखों से नीचे की तरफ देख रही है। जैसे उसकी माँ को पड़ती मार की चोट उसे भी लग रही हो। मनोरमा सोच नहीं सकी कि वह लड़की उस वक्त उसके क्वार्टर में क्यों बैठी है।

"क्या बात है ?" उसने अपना गुस्सा दबाकर पूछा।

"माँ ने कहा था, आपको रोटी खिला दूँ...।" कुंती उसकी तरफ इस तरह डरी-डरी आँखों से देखने लगी जैसे उसे आशंका हो कि बहनजी अभी उसे बाँह से पकड़ लेंगी और पीटने लगेंगी।

"तू मुझे रोटी खिलाएगी ?"

कुंती ने उसी डरे हुए भाव से सिर हिला दिया।

"तुम्हारे क्वार्टर में यह क्या हो रहा है ?" मनोरमा ने ऐसे पूछा जैसे जो हो रहा था, उसके लिए कुंती भी कुछ हद तक उत्तरदायी हो। कुंती के होंठ फड़कने लगे और दो बूँदें आँखों से नीचे बह आईं।

"वह किस बात के लिए तेरी माँ को पीट रहा है ?" मनोरमा ने फिर पूछा।

कुंती ने कमीज़ से आँखें पोंछी और अपनी रुलाई दबाए हुए बोली, "उसने माँ के ट्रंक से सारे पैसे निकाल लिए हैं। माँ ने उसका हाथ रोका, तो उसे पीटने लगा।"

"इस आदमी का दिमाग खराब है !" मनोरमा गुस्से से भड़क उठी। "अभी यहाँ से निकालकर बाहर करूँगी तो इसके होश दुरुस्त हो जाएँगे।"

कुंती कुछ देर सुबकती रही। फिर बोली, "कहता है, माँ ने ठेकेदारों से अलग से पैसे ले-लेकर अपने पास जमा किए हैं। इस बार उसने दो सौ में ठेका दिया है। माँ के पास अपने साठ-सत्तर रुपए थे, वे सब उसने ले लिए हैं।"

कुंती के भाव में कुछ ऐसी दयनीयता थी कि मनोरमा ने उसके मैले कपड़ों की चिंता किए बिना उसे अपने से सटा लिया।

"रोती क्यों है ?" उसने उसकी पीठ सहलाते हुए कहा। "मैं अभी उससे तेरी माँ के रुपए ले दूँगी। तू चल अंदर।"

रसोईघर में जाकर मनोरमा ने खुद कुंती का मुँह धो दिया और मोढ़ा लेकर बैठ गई। कुंती ने प्लेट में रोटी दे दी, तो वह चुपचाप खाने लगी। वही खाना काशी ने बनाया होता, तो वह गुस्से से चिल्ला उठती। सब चपातियों की सूरतें

अलग-अलग थीं, और वे आधी कच्ची और आधी जली हुई थीं। दाल के दाने पानी से अलग थे। मगर उस वक्त वह मशीनी ढंग से रोटी के कौर तोड़ती और दाल में भिगोकर निगलती रही—उसी तरह जैसे रोज़ दफ्तर में बैठकर कागज़ों पर दस्तखत करती थी, या अध्यापिकाओं की शिकायतें सुनकर उन्हें जवाब देती थी। कुंती ने बिना पूछे एक रोटी उसकी प्लेट में डाल दी, तो वह थोड़ा चौंक गई।

"नहीं, और नहीं चाहिए," कहते हुए उसने इस तरह हाथ बढ़ा दिया, जैसे रोटी अभी प्लेट में पहुँची न हो। फिर अनमने भाव से छोटे-छोटे कौर तोड़ने लगी।

नीचे शोर बंद हो गया था। कुछ देर बाद गेट के खुलने और बंद होने की आवाज़ सुनाई दी। उसने सोचा कि अजुध्या कहीं बाहर जा रहा है। कुंती रोटी वाला डब्बा बंद कर रही थी। वह उससे बोली, "नीचे जाकर अपनी माँ से कह देना कि गेट को वक्त से ताला लगा दे। रात-भर गेट खुला न रहे।"

कुंती चुपचाप सिर हिलाकर काम करती रही।

"और कहना कि थोड़ी देर में ऊपर हो जाए।"

उसका स्वर फिर रूखा हो गया था। कुंती ने एक बार इस तरह उसकी तरफ देखा जैसे वह उसकी किताब का एक मुश्किल सबक हो, जो बहुत कोशिश करने पर भी समझ में न आता हो। फिर सिर हिलाकर काम में लग गई।

रात को काफी देर तक काशी मनोरमा के पास बैठी रही। उसे इस बात की उतनी शिकायत नहीं थी कि अजुध्या ने उसके ट्रंक से उसके रुपए निकाल लिए, जितनी इस बात की थी कि अजुध्या तीन साल बाद आया भी तो बच्चों के लिए कुछ लेकर नहीं आया। वह उसे बताती रही कि उसकी सौत ने किसी संत से वशीकरण ले रखा है। तभी अजुध्या उसकी कोई बात नहीं टालता। वह जिस ज्योतिषी से पूछने गई थी, उसने उसे बताया था कि अभी सात साल तक वह वशीकरण नहीं टूट सकता। मगर उसने यह भी कहा था कि एक दिन ऐसा ज़रूर आएगा जब उसकी सौत के बच्चे उसके बच्चों का जूठा खाएँगे और उनके उतरे हुए कपड़े पहनेंगे। वह उसी दिन की आस पर जी रही थी।

मनोरमा उसकी बातें सुनती हुई भी नहीं सुन रही थी। उसके मन में रह-रहकर यह बात कौंध जाती थी कि सुशील की चिट्ठी नहीं आई...उसकी चिट्ठी गए महीने के करीब हो गया, मगर सुशील ने जवाब नहीं दिया... । उसके बालों की एक लट उड़कर माथे पर आ गई थी। वह हलका-हलका स्पर्श उसके शरीर में विचित्र-सी सिहरन भर रहा था। कुछ क्षणों के लिए वह भूल गई कि काशी उसके

सामने बैठी है और बातें कर रही है। माथे की लट हिलती तो उसे लगता कि वह एक बच्चे के कोमल रोओं का छू रही है। उसे उन दिनों की याद आई जब सुशील की उँगलियाँ देर-देर तक उसके सिर के बालों से खेलती रहती थीं, और बार-बार उसके होंठ उसके शरीर के हर धड़कते भाग पर झुक जाते थे···। इस बार सुशील ने चिट्ठी लिखने में न जाने क्यों इतने दिन लगा दिए थे। रोज़ डाक से कितनी-कितनी चिट्ठियाँ आती थीं। मगर सारी डाक हेड मिस्ट्रेस के नाम की ही होती थी। कई दिनों से मनोरमा सचदेव के नाम कोई भी चिट्ठी नहीं आई थी···। वह इस बार छुट्टियों के बाद आते हुए सुशील से कहकर आई थी कि जल्दी ही उसके लिए एक गर्म कोट का कपड़ा भेजेगी। उम्मी के लिए भी एक शॉल भेजने को उसने कहा था। सुशील कहीं इसलिए तो नाराज़ नहीं था कि वह दोनों में से कोई भी चीज़ नहीं भेज पाई थी ?

काशी उठकर जाने लगी, तो मनोरमा को फिर अपने अकेलेपन के एहसास ने घेर लिया। देवदार के जंगल की घनी सरसराहट, दूर की घाटी में रावी के पानी पर चमकती चाँदनी और उसकी उनींदी आँखें—इन सबमें जैसे कोई अदृश्य सूत्र था, काशी बरामदे के पास पहुँच गई तो उसने उसे वापस बुला लिया और कहा कि वह गेट को ठीक से ताला लगाकर सोए और जाकर कुंती को उसके पास भेज दे—आज वह वहाँ उसके पास सो रहेगी।

आधी रात तक उसे नींद नहीं आई। खिड़की से दूर तक धुला-निखरा आकाश दिखाई देता था। हवा का ज़रा-सा झोंका आता, तो चीड़ों और देवदारों की पंक्तियाँ तरह-तरह की नृत्य-मुद्राओं में बाँहें हिलाने लगतीं। पत्तों और टहनियों पर से फिसलकर आती हवा का शब्द शरीर को इस तरह रोमांचित करता कि शरीर में एक जड़ता-सी छा जाती। कुछ देर वह खिड़की की सिल पर सिर रखे चारपाई पर बैठी रही। क्षण-भर के लिए आँखें मुँद जातीं, तो खिड़की की सिल सुशील की छाती का रूप ले लेती। उसे महसूस होता कि हवा उसे दूर, बहुत दूर लिए जा रही है—चीड़ों-देवदारों के जंगल और रावी के पानी के उस तरफ···। जब वह खिड़की के पास से हटकर चारपाई पर लेटी, तो रोशनदान से छनकर आती चाँदनी का एक चौकोर टुकड़ा साथ की चारपाई पर सोई कुंती के चेहरे पर पड़ रहा था। मनोरमा चौंक गई। कुंती पहले कभी उसे उतनी सुंदर नहीं लगी थी। उसके पतले-पतले होंठ आम की लाल-लाल नन्ही पत्तियों की तरह खुले थे। उसे और पास से देखने के लिए वह कुहनियों के बल उसकी चारपाई पर झुक गई। फिर सहसा उसने उसे चूम लिया। कुंती सोई-सोई एक बार सिहर गई।

मनोरमा तकिए पर सिर रखे देर तक छत की तरफ देखती रही। जब हलकी-हलकी नींद आँखों पर छाने लगी, तो वह गेट के खुलने और बंद होने की आवाज़ से चौंक गई। कुछ ही देर में काशी के क्वार्टर से फिर अजुध्या के बड़बड़ाने की आवाज़ सुनाई देने लगी। वह उस समय शराब पिए हुए था। मनोरमा के शरीर में फिर एक गुस्से की झुरझुरी उठी। उसने अच्छी तरह अपने को कंबलों में लपेटकर उस आवाज़ को भुला देने का प्रयत्न किया। मगर नींद आ जाने पर भी वह आवाज़ उसके कानों में गूँजती रही···।

दो दिन बाद अजुध्या चला गया, तो मनोरमा ने आराम की साँस ली। उसे रह-रहकर लगता था कि किसी भी क्षण वह अपने पर काबू खो देगी, और चपरासी से धक्के दिलाकर उस आदमी को स्कूल के कंपाउंड से निकलवा देगी। वह आदमी शक्ल से ही कमीना नज़र आता था। उसके बड़े-बड़े मैले दाँत, काले होंठ और खूँखार जानवर जैसी चुभती आँखें देखकर लगता था कि उस आदमी को ऐसी शक्ल के लिए ही उम्रकैद की सज़ा होनी चाहिए। उसके चले जाने के बाद उसका मन काफी हलका हो गया। दफ्तर के कुछ काम, जो वह कई दिनों से टाल रही थी, उसने उसी दिन बैठकर पूरे कर दिए। उस दिन शाम की डाक से उसे सुशील की चिट्ठी भी मिल गई।

उसने चिट्ठी दफ्तर में नहीं खोली। स्टेनो से और चिट्ठियों का डिक्टेशन अगले दिन लेने के लिए कहकर क्वार्टर में चली आई। चारपाई पर बैठकर उसने पेपर नाइफ से धीरे-धीरे लिफाफा खोला—जैसे उसे चोट न पहुँचाना चाहती हो। चिट्ठी दफ्तर के कागज़ पर बहुत जल्दी-जल्दी लिखी गई थी। मनोरमा को अच्छा नहीं लगा, मगर फिर भी उसने एक-एक पंक्ति उत्सुकता के साथ पढ़ी। सुशील ने लिखा था कि जल्दी ही एक जगह उम्मी की सगाई तय हो रही है। लड़का अच्छी नौकरी पर है, सभी ने यह रिश्ता पसंद किया है। हो सके तो वह उम्मी की शॉल जल्दी भेज दे। अब उम्मी के ब्याह के लिए भी उन लोगों को कुछ पैसे बचाकर रखने चाहिए। अंत में उसने उसे अपनी सेहत का ध्यान रखने को लिखा था। मधुर आलिंगन तथा अनेकानेक चुंबनों के साथ चिट्ठी समाप्त हुई थी।

मनोरमा काफी देर चिट्ठी हाथ में लिए बैठी रही। उसे पढ़कर मधुर आलिंगन और अनेकानेक चुंबनों का कुछ भी स्पर्श महसूस नहीं हुआ था। ऐसे लगा था, जैसे वह एक चश्मे से पानी पीने के लिए झुकी हो और उसके होंठ गीली रेत से छूकर रह गए हों, चिट्ठी उसने ड्राअर में डाल दी और दफ्तर में लौट गई।

रात को खाना खाने के बाद वह चिट्ठी का जवाब लिखने बैठी। मगर कलम

हाथ में लेते ही दिमाग जैसे बिलकुल खाली हो गया। उसे लगा कि उसके पास लिखने के लिए कुछ भी नहीं है। पहली पंक्ति लिखकर वह देर तक कागज़ को नाखून से कुरेदती रही। आखिर बहुत सोचकर उसने कुछ पंक्तियाँ लिखीं। पढ़ने पर उसे लगा कि वह चिट्ठी उन चिट्ठियों से खास अलग नहीं, जो वह दफ्तर में बैठकर क्लर्क को डिक्टेड कराया करती है। चिट्ठी में बात इतनी ही थी कि उसे इस बात का अफसोस है कि वह शॉल और कोट का कपड़ा अभी तक नहीं भेज पाई। जल्दी ही वह ये दोनों चीज़ें भेज देगी। और अंत में उसकी तरफ से भी मधुर आलिंगन और अनेकानेक चुंबन…।

रात को वह देर तक सोचती रही कि कौन-कौन-सा खर्च कम करके वह चालीस-पचास रुपया महीना और बचा सकती है। दूध पीना बंद कर दे ? कपड़े खुद धोया करे ? काशी से काम छुड़ाकर रोटी खुद बनाया करे ? ज़्यादा खर्च तो काशी की वजह से ही होता था। वह चीज़ें माँगकर भी ले जाती थी और चुराकर भी। मगर उसने पहले भी आजमाकर देखा था कि वह स्कूल का काम करती हुई साथ अपनी रोटी नहीं बना सकती। ऐसे मौकों पर या तो वह दूध-डबलरोटी खाकर रह जाती थी या कुछ भी छौंक-भूनकर पेट भर लेती थी।

अगले दिन से उसने खाने-पीने में कई तरह की कटौतियाँ कर दीं। काशी से कह दिया कि दूध वह सिर्फ चाय के लिए ही लिया करे और दाल-सब्ज़ी में घी बहुत कम इस्तेमाल किया करे। बिस्कुट और फल भी उसने बंद कर दिए। कुछ दिन तो बचत के उत्साह में निकल गए, मगर फिर उसे अपने स्वास्थ्य पर इन कटौतियों का असर दिखाई देने लगा। दो बार क्लास में पढ़ाते हुए उसे चक्कर आ गया। मगर उसने अपना हठ नहीं छोड़ा। उस महीने की तनखाह मिलने पर उसने शॉल के लिए चालीस रुपए अलग निकालकर रख दिए। रुपए रखते समय उसके चेहरे का भाव ऐसा था जैसे सुशील उसके सामने खड़ा हो और वह उसे चिढ़ाना चाहती हो कि देख लो, इस तरह की बचत से शॉल और कोट के कपड़े खरीदे जाते हैं। उसके स्वभाव में वैसे भी कुछ चिड़चिड़ापन आ गया था। वह बात-बेबात हर एक पर झल्ला उठती थी।

एक दिन स्कूल जाने से पहले वह आईने के सामने खड़ी हुई, तो कुछ चौंक गई। उसे लगा कि उसके चेहरे का रंग काफी पीला पड़ गया है। उस दिन दफ्तर में बैठे हुए उसके सिर में सख्त दर्द हो आया और वह बारह बजे से पहले ही उठकर क्वार्टर में आ गई। बरामदे में पहुँचकर उसने देखा कि काशी उसके पैरों की आवाज़ सुनते ही जल्दी से अलमारी बंद करके चूल्हे की तरफ गई है। उसने

रसोईघर में जाकर अलमारी खोल दी।

घी का डिब्बा खुला पड़ा था और उसमें उँगलियों के निशान बने थे। मनोरमा ने काशी की तरफ देखा। उसके मुँह पर कच्चे घी की कनियाँ लगी थीं और वह ओट करके अपनी उँगलियाँ दुपट्टे से पोंछ रही थी। मनोरमा एकदम आपे से बाहर हो गई। पास जाकर उसने उसे चोटी से पकड़ लिया।

"चोट्टी !" उसने चिल्लाकर कहा। "मैं इसीलिए सूखी सब्ज़ी खाती हूँ कि तू कच्चा घी हज़म किया करे ? शरम नहीं आती कमज़ात ? जा, अभी निकल जा यहाँ से। मैं आज से तेरी सूरत भी नहीं देखना चाहती।" उसने उसकी पीठ पर एक लात जमा दी, काशी औंधे मुँह गिरने को हुई, मगर अपने हाथों के सहारे सँभल गई। पल-भर वह दर्द से आँखें मूँदे रही। फिर उसने मनोरमा के पैर पकड़ लिए। मुँह से उससे कुछ नहीं कहा गया।

"मैं तुझे चौबीस घंटे का नोटिस दे रही हूँ," मनोरमा ने पैर छुड़ाते हुए कहा। "कल इस वक्त तक स्कूल का क्वार्टर खाली हो जाना चाहिए। सुबह ही क्लर्क तेरा हिसाब कर देगा। उसके बाद तूने इस कंपाउंड में कदम भी रखा तो⋯।" और वह हटकर वहाँ से आने लगी। काशी ने बढ़कर फिर उसके पैर पकड़ लिए।

"बहनजी, पैर छू रही हूँ, माफी दे दो," उसने मुश्किल से कहा। मनोरमा ने फिर भी पैर झटके से छुड़ा लिए। उसका एक पैर पीछे पड़ी चायदानी को जा लगा, चायदानी टूट गई। बिखरते हुए टुकड़ों की आवाज़ ने क्षण-भर के लिए दोनों को स्तब्ध कर दिया। फिर मनोरमा ने अपना निचला होंठ काटा और दनदनाती हुई वहाँ से निकल गई। कमरे में आकर उसने माथे पर बाम लगाया और सिर-मुँह लपेटकर लेट गई।

शाम की डाक से फिर सुशील की चिट्ठी मिली। उसमें वही सब बातें थीं। उम्मी की सगाई हो गई थी। पिछले इतवार वे लोग उस लड़के के साथ पिकनिक पर गए थे। उम्मी ने एक कोने में कुछ पंक्तियाँ लिखकर खुद अपनी शॉल के लिए अनुरोध किया था। साथ यह भी लिखा था कि भाभी को सब लोग बहुत-बहुत याद करते हैं। पिकनिक के दिन तो उन्होंने उसे बहुत ही मिस किया।

चिट्ठी पढ़ने के बाद वह बड़े राउंड पर घूमने निकल गई। मन में बहुत झुँझलाहट भर रही थी। उसे समझ नहीं आ रहा था कि वह झुँझलाहट काशी पर है, अपने पर या सुशील पर। न जाने क्यों उसे लगा कि सड़क पर कंकड़-पत्थर पहले से कहीं ज़्यादा हैं, और वह गोल सड़क न जाने कितनी लंबी हो गई है। रास्ते में दो बार उसे थककर पत्थरों पर बैठना पड़ा। घर से एक-डेढ़ फर्लांग पहले उसकी

चप्पल टूट गई। वह रास्ता बहुत मुश्किल से कटा। उसे लगा, न जाने कब से वह घिसटती हुई उस गोल सड़क पर चल रही है और आगे भी न जाने कब तक उसे इसी तरह चलते रहना है…।

गेट के पास पहुँचकर सुबह की घटना फिर उसके दिमाग में ताज़ा हो आई। काशी के क्वार्टर में फिर खामोशी छाई थी। मनोरमा को एक क्षण के लिए ऐसा महसूस हुआ कि काशी क्वार्टर खाली करके चली गई है, और उस बड़े कंपाउंड में उस समय वह बिलकुल अकेली है। उसका मन सिहर गया। उसने कुंती को आवाज़ दी। कुंती लालटेन लिए अपने क्वार्टर से बाहर निकल आई।

"तेरी माँ कहाँ है ?" मनोरमा ने पूछा।

"अंदर है।" और कुंती ने एक बार अंदर की तरफ देख लिया।

"क्या कर रही है ?"

"कुछ नहीं कर रही। बैठी है।"

मनोरमा ने देखा, काशी का क्वार्टर काफी खस्ता हालत में है। दरवाज़े का चौखट काफी कमज़ोर पड़ गया था, जिससे दरवाज़ा निकलकर बाहर आ जाने को था। रोज़ वह उस क्वार्टर के सामने से कई-कई बार गुज़रती थी, रोज़ ही उस दरवाज़े को देखती थी, मगर पहले कभी उसका ध्यान उस पर नहीं रुका था।

"इस क्वार्टर में क़ाफी मरम्मत की ज़रूरत है," कहकर वह जैसे क्वार्टर का मुआइना करने के लिए अंदर चली गई। काशी उसे देखते ही उठकर उसके पास आ गई। मनोरमा ने एक बार उसकी तरफ देख लिया मगर उससे कोई बात नहीं की। क्वार्टर की दीवारें पीली पड़कर अब स्याह होने लगी थीं। एक रोशनदान भी दीवार से निकलकर नीचे गिर आने को था। छत में चारों तरफ मकड़ी के जाले लगे थे जो आपस में मिलकर एक बड़े-से चंदोवे का रूप लिए थे। कमरे में जो थोड़ा-बहुत सामान था, वह इधर-उधर अस्त-व्यस्त पड़ा था। एक तरफ तीन बच्चे एक ही थाली में रोटी खा रहे थे, वही पानी जैसी दाल थी जो एक दिन कुंती ने उसके लिए बनाई थी और अलग-अलग सूरतों वाली खुश्क रोटियाँ…। उसे देखकर बच्चों के हाथ और मुँह चलने बंद हो गए। सबसे छोटा लड़का जो करीब चार साल का था, लोई में लिपटा एक कोने में लेटा था। उसकी आँखें मनोरमा के साथ-साथ कमरे में घूम रही थीं।

"परसू को क्या हुआ है ? बीमार है ?" मनोरमा ने बिना काशी की तरफ देखे जैसे दीवार से पूछा और बच्चे के पास चली गई। परसू अपने पैर के अँगूठे की सीध में देखने लगा।

"इसे सूखा हो गया है।" काशी ने धीरे से कहा।

मनोरमा ने बच्चे के गालों को सहलाया और उसके सिर पर हाथ फेर दिया।

"डॉक्टर को दिखाया है ?" उसने पूछा।

"दिखाया था," काशी ने कहा। "उसने दस टीके बताए हैं। दो-दो रुपए का एक टीका आता है।" बोलते-बोलते उसका गला भर आया।

"लगवाए नहीं ?" अब मनोरमा ने उसकी तरफ देखा।

"कैसे लगवाती ?" काशी की आँखें ज़मीन की तरफ झुक गईं। "जितने रुपए थे वे सब तो वह निकालकर ले गया था।...मैं इसे काँसे की कटोरी मलती हूँ। कहते हैं, उससे ठीक हो जाता है।"

बच्चा बिटर-बिटर उन दोनों की तरफ देख रहा था। मनोरमा ने एक बार फिर उसके गाल को सहला दिया और बाहर चल दी। कुंती दहलीज़ के पास खड़ी थी। वह रास्ता छोड़कर हट गई।

"इस क्वार्टर में अभी सफेदी होनी चाहिए," मनोरमा ने चलते-चलते कहा, "यहाँ की हवा में तो अच्छा-भला आदमी बीमार हो सकता है।"

काशी के क्वार्टर से निकलकर वह धीरे-धीरे अपने क्वार्टर का ज़ीना चढ़ी। ठक्-ठक् की आवाज़, अकेला बरामदा, कमरा। कमरे में जो चीज़ें वह बिखरी छोड़ गई थी, वे अब करीने से रखी थीं। बीच की मेज़ पर रोटी की ट्रे ढककर रख दी गई थी। केतली में पानी भरकर स्टोव पर रख दिया गया था। कोट उतारकर शॉल ओढ़ते हुए उसने बरामदे में पैरों की आवाज़ सुनी। काशी चुपचाप दरवाज़े के पास खड़ी हो गई।

"क्या बात है ?" मनोरमा ने रूखी आवाज़ में पूछा।

"रोटी खिलाने आई हूँ," काशी ने धीमी ठहरी हुई आवाज़ में कहा। "चाय का पानी भी तैयार है। कहें तो पहले चाय बना दूँ।"

मनोरमा ने एक बार उसकी तरफ देखा और आँखें हटा लीं। काशी ने कमरे में आकर प्लग का बटन दबा दिया। पानी आवाज़ करने लगा।

मनोरमा एक किताब लेकर बैठ गई। थोड़ी देर में काशी चाय का प्याला बनाकर उसके पास ले आई। मनोरमा ने किताब बंद कर दी और हाथ बढ़ाकर प्याला ले लिया। काशी के होंठों पर सूखी-सी मुसकराहट आ गई।

"बहनजी, कभी नौकर से गलती हो जाए तो इतना गुस्सा नहीं करते।" उसने कहा।

"रहने दे ये सब बातें," मनोरमा ने झिड़ककर कहा। "आदमी से एक बार

बात कही जाए तो उसे लग जाती है। मगर तेरे जैसे लोग भी हैं जिन्हें बात कभी छूती ही नहीं। बच्चे सूखी दाल-रोटी खाकर रहते हैं और माँ को खाने को कच्चा घी चाहिए। ऐसी माँ किसी ने नहीं देखी होगी।"

काशी का चेहरा ऐसे हो गया जैसे किसी ने उसे अंदर से चीर दिया हो। उसकी आँखों में आँसू भर आए।

"बहन जी, इन बच्चों को पालना न होता, तो मैं आज आपको जीती नज़र न आती," उसने कहा। "एक अभागा भूखे पेट से जन्मा था, वह सूखे से पड़ा है। अब दूसरा भी उसी तरह आएगा तो उसे जाने क्या रोग लगेगा !"

मनोरमा को जैसे किसी ने ऊँचे से धकेल दिया। चाय के घूँट भरते हुए भी उसके शरीर में कई ठंडी सिहरनें भर गईं। वह पल-भर चुप रहकर काशी की तरफ देखती रही।

"तेरे पैर फिर भारी हैं ?" उसने ऐसे पूछा जैसे उसे इस पर विश्वास ही न आ रहा हो।

काशी के चेहरे पर जो भाव आया उसमें नई ब्याहता का-सा संकोच भी था और एक हताश झुँझलाहट भी। उसने सिर हिलाया और एक ठंडी साँस लेकर दरवाज़े की तरफ देखने लगी। मनोरमा को पल-भर के लिए लगा कि अजुध्या उसके सामने खड़ा मुसकरा रहा है। उसने चाय की प्याली पीकर रख दी। काशी प्याली उठाकर बाहर ले गई। मनोरमा को लगा कि उसकी बाँहें ठंडी होती जा रही हैं। उसने शॉल को पूरा खोलकर अच्छी तरह लपेट लिया। काशी बाहर से लौट आई।

"रोटी कब खाएँगी ?" उसने पूछा।

मगर मनोरमा ने जवाब देने की जगह उससे पूछ लिया, "डॉक्टर ने कहा था कि दस टीके लगवाने से बच्चा ठीक हो जाएगा ?"

काशी ने खामोश रहकर सिर हिलाया और दूसरी तरफ देखने लगी। "मैं तुझे बीस रुपए दे रही हूँ," मनोरमा ने कुर्सी से उठते हुए कहा। "कल जाकर टीके ले आना।" उसने ट्रंक से अपना बटुआ निकाला और बीस रुपए निकालकर मेज़ पर रख दिए। उसे आश्चर्य हो रहा था कि उसकी बाँहें इस कदर ठंडी क्यों हो गई हैं। उसने बाँहों को अच्छी तरह अपने में सिकोड़ लिया।

खाना खाने के बाद वह देर तक बरामदे में कुर्सी डालकर बैठी रही। उसे महसूस हो रहा था कि उसके सारे शरीर में एक अजीब-सी सिहरन दौड़ रही है। वह ठीक

से नहीं समझ पा रही थी कि वह सिहरन क्या है और क्यों शरीर के हर रोम में उसका अनुभव हो रहा है। जैसे उस सिहरन का संबंध किसी बाहरी चीज़ से न होकर उसके अपने आप से ही था; जैसे उसी की वजह से उसे अपना-आप बिलकुल खाली लग रहा था। हवा बहुत तेज़ थी और देवदार का जंगल जैसे सिर धुनता हुआ कराह रहा था। हुआँ···हुआँ···हुआँ···हवा के झोंके उमड़ती लहरों की तरह शरीर को घेर लेते थे और शरीर उनमें बेबस-सा हो जाता था। उसने शॉल को कसकर बाँहों में लपेट लिया। लोहे का गेट हवा के धक्के खाता हुआ आवाज़ कर रहा था। पल-भर के लिए उसकी आँखें मुँद गईं। तो उसे लगा कि अजुध्या अपने स्याह होंठ खोले उसके सामने खड़ा मुसकरा रहा है और लोहे का गेट चीरता हुआ धीरे-धीरे खुल रहा है। उसने सिहरकर आँखें खोल लीं और अपने माथे को छुआ। माथा बर्फ की तरह ठंडा था। वह कुर्सी से उठ खड़ी हुई। उठते हुए शॉल कंधे से उतर गया और साड़ी का पल्ला हवा में फड़फड़ाने लगा। बालों की कई लटें उड़कर सामने आ गईं और उसके माथे को सहलाने लगीं।

"कुंती !" उसने कमज़ोर स्वर में आवाज़ दी। आवाज़ हवा के समंदर में कागज़ की नाव की तरह डूब गई।

"कुंती !" उसने फिर आवाज़ दी। इस बार काशी अपने क्वार्टर से बाहर निकल आई।

"कुंती जाग रही हो, तो उसे मेरे पास भेज दे। आज वह यहीं सो रहेगी," कहते हुए मनोरमा को महसूस हुआ कि वह किस हद तक काशी और उसके बच्चों पर निर्भर करती है, और उन लोगों का पास होना उसके लिए कितना ज़रूरी है।

"कुंती सो गई, मगर मैं अभी उसे जगाकर भेजी देती हूँ," कहकर काशी अपने क्वार्टर में जाने लगी।

"सो गई है, तो रहने दे। जगाकर भेजने की ज़रूरत नहीं।" मनोरमा बरामदे से कमरे में आ गई। कमरे में आकर उसने दरवाज़ा इस तरह बंद किया जैसे हवा एक ऐसा आदमी हो जिसे वह अंदर आने से रोकना चाहती हो। वह अपने में बहुत कमज़ोरी महसूस कर रही थी। रज़ाई ओढ़कर वह बिस्तर पर लेट गई। उसकी आँखें छत की कड़ियों पर से फिसलने लगीं। वह आँखें बंद नहीं करना चाहती थी। जैसे उसे डर था कि आँखें बंद करते ही अजुध्या के मुसकराते हुए स्याह होंठ फिर सामने आ जाएँगे। वह अपना ध्यान बँटाने के लिए सोचने लगी कि सुबह सुशील को चिट्ठी में क्या-क्या लिखना है। लिख दे कि यहाँ अकेली रहकर उसे डर लगता है और वह उसके पास चली आना चाहती है ? और···और भी जो इतना कुछ वह

महसूस करती है, क्या वह सब उसे लिख पाएगी ? लिखकर सुशील को समझा सकेगी कि उसे अपना-आप इतना खाली-खाली क्यों लगता है, और वह अपने इस अभाव को भरने के लिए उससे क्या चाहती है ?

माथे पर आई लटें उसने हटाई नहीं थीं। वह हलका-हलका स्पर्श उसकी चेतना में उतर रहा था। कुछ ही देर में वह महसूस करने लगी कि साथ की चारपाई पर एक नन्हा-सा बच्चा सोया है, उसके नन्हे-नन्हे होंठ आम की पत्तियों की तरह खुले हैं, और उसके सिर के नरम बाल उड़कर मुँह पर आ रहे हैं। वह कुहनी के बल होकर उस बच्चे को देखती रही···और फिर जैसे उसे चूमने के लिए उस पर झुक गई। ●

गुनाह बेलज़्ज़त

किसी ने काउंटर के पास जाकर सरदार सुंदरसिंह के कान में कहा कि पुलिस गाड़ी सुंदरी और उसकी बहन को लिए हुए सिविल लाइंज़ में घूम रही है, तो उसका मुँह लाल हो गया, हाथ काँप गया और पेंसिल हाथ से गिर गई।

यह बात सुबह से सुनी जा रही थी कि सुंदरी पुलिस को उन सब लोगों के पते-ठिकाने बता रही है जिन-जिनके घर उसे और उसकी बहन शम्मी को ले जाया गया था। कुछ बड़े-बड़े असामियों की गिरफ्तारियाँ हो चुकी थीं, जिनमें एक मजिस्ट्रेट का भाई और एक पुलिस इंस्पेक्टर भी था। फिर भी सरदार सुंदरसिंह का दिल कह रहा था कि उसकी गिरफ्तारी नहीं हो सकती। जो लम्हे उसने सुंदरी के साथ बिताए थे, वे उसकी ज़िंदगी के सबसे खुशगवार लम्हे थे। क्या ज़िंदगी ऐसी नाइन्साफी उसके साथ कर सकती थी कि उन हसीन और खुशगवार लम्हों की याद उससे छीनकर उसे बिलकुल दीवालिया कर दे ! इसके अलावा उससे कोई बदफेली भी नहीं हुई थी। बुनियादी तौर पर वह एक नेक और शरीफ आदमी था, और उसका दिल कह रहा था कि उस जैसे नेक और शरीफ आदमी को कभी हथकड़ी नहीं लग सकती। उसे विश्वास था कि उसका दिल कभी गलत बात नहीं कहता !

कुछ बरस पहले वह चाय और शरबत का सामान ठेला-गाड़ी में रखकर गली-गली घूमा करता था तो उसके दिल ने शहादत दी थी, एक दिन वह अपना बहुत बड़ा होटल खोलेगा और कई-कई बैरे और खानसामे उसके नीचे काम क़रेंगे। उसके दिल की यह बात, जितनी जल्दी उसने आशा की थी, उससे कहीं जल्दी पूरी हो गई थी। पाँच-छह बरस में ही वह फटे हुए पाजामे-कुर्ते से शार्क-स्किन की बुश्शर्टों तक पहुँच गया, दो रुपए रोज़ से उसकी आमदनी तीस-चालीस रुपए रोज़ तक चली गई, और उसके बोलचाल और चलने-फिरने के अंदाज़ में इतना अंतर आ गया कि उसे जानने वाले भी नहीं कह सकते थे कि यह वही सुंदरसिंह है जो एक दिन ठेला लगाया करता था। उसे महसूस होता था, उसके बाहर की चीज़ ही नहीं बदली, वह अंदर से भी पूरी तरह बदल गया है। केवल एक चीज़ नहीं बदली

थी और वह थी उसकी बीवी, जिसकी सूरत से उसे नफरत थी। उसके पास जाकर सुंदरसिंह के दिल की सारी उमंगें ठंडी पड़ जाती थीं, जिस वजह से पंद्रह बरस में वाहेगुरु ने उसे कोई बच्चा-अच्चा नहीं दिया था। मगर उसका दिल कहता था कि उसकी सारी उम्र इसी तरह नहीं गुज़रेगी। वह, सरदार सुंदरसिंह तलवाड़ एक न एक दिन अपनी सारी हसरतें ज़रूर पूरी करेगा। इसलिए जिस दिन सुंदरी के उसके घर में आने की बात तय हुई, वह अपने दिल की बात का और भी कायल हो गया। उसे लगा कि उसके अंदर ज़रूर किसी औलिया का वास है।

उसने बड़ी मुश्किल से मनाकर अपनी बीवी को उसके बाप के घर भेज दिया। वह जाना चाहती थी क्योंकि बहुत दिनों से जब-जब उसने जाने की इच्छा प्रकट की थी, सुंदरसिंह ने यह कहकर उसका प्रस्ताव रद्द कर दिया था कि वह अपना एक-एक पैसा बिज़नेस को बढ़ाने में लगा रहा है, उसके पास उसे इधर-उधर भेजने के लिए पैसे नहीं हैं। मगर इस बार उसने अपने पिछले रवैए के लिए उससे माफी तक माँगी और अनुरोध किया कि वह उसका दिल रखने के लिए चली ही जाए। बीवी के चले जाने पर उसने खाली घर को इस तरह देखा जैसे अभी-अभी उसे उसने जाले-आले उतारकर ठीक किया हो, और खाली पलंग पर लेटकर इस परिवर्तन को महसूस करने का प्रयत्न किया।

सुंदरी उस रात दस बजे से लेकर साढ़े बारह बजे तक उसके पास रही। वह मोटी-सी औरत हरजीतकौर उसे छोड़कर चली गई तो सुंदरसिंह ने दरवाज़ा बंद करके चटखनी चढ़ा ली। यह उसकी ज़िंदगी में पहला मौका था कि एक इतनी हसीन लड़की उसके इतनी नज़दीक थी और उसके मन में किसी भी तरह का डर या अंदेशा नहीं था। वह अपनी सारी हसरत और अरमान उसके शरीर पर पूरे कर सकता था। उसने पास जाकर उसका हाथ पकड़ लिया और कहा, "सोहणेओ, बैठ जाओ।"

सुंदरी ने हाथ छुड़ा लिया और कमरे में टहलने लगी। सुंदरसिंह उससे छोटी-मोटी छेड़खानियाँ करने लगा। कभी उसे कंधे से पकड़कर उसके गाल चूम लेता और कभी उसके गदराए वक्ष को हाथ से मसल देता। उसे छूते ही उसके शरीर में बिजलियाँ दौड़ जातीं। किसी-किसी क्षण उसे विश्वास नहीं होता कि जो कुछ हो रहा है वह एक हकीकत है। उसने सुंदरी का हाथ मज़बूती से पकड़ लिया और फिर कहा, "चूज़ेओ, बैठ जाओ।"

सुंदरी बैठ गई तो सुंदरसिंह को लगा कि वह उसे विचित्र संदेह-भरी नज़र से देख रही है। सहसा उसके शरीर की बिजलियाँ ठंडी होने लगीं। उन बिजलियों की

गर्मी बनाए रखने के लिए उसने उसे खींचकर अपने साथ सटा लिया और कहा, "सोहणेओ, तुम हमें प्यार नहीं करते ?"

सुंदरी ने उसकी बाँहों से मुक्त होने का प्रयत्न किया तो सुंदरसिंह और ठंडा पड़ने लगा। वह उससे इस तरह लिपट गया जैसे डूबते आदमी के हाथ में किसी तैराक की बाँह आ गई हो और वह किसी भी तरह उसे छोड़ना न चाहता हो। वह उससे कहने लगा कि वह ज़िंदगी में आज पहली बार दिल से प्यार कर रहा है, अपनी बीवी से वह आज तक प्यार नहीं कर सका, वह उसे बता नहीं सकता कि अपनी बीवी के हाथों वह कितना दुखी है। उसने यह भी कहा कि सुंदरी अपने सुंदर को सिर्फ एक ग्राहक समझने की भूल न करे, सुंदर उसे अपनी जान से बढ़कर मानता है, और उसके एक इशारे पर अपना घर-बार और बिज़नेस सब कुछ छोड़ सकता है। आज उसके दिल में एक ही कामना है कि उसकी सुंदरी हमेशा-हमेशा के लिए इसी तरह उसके पास रहे। मगर बात कहते-कहते ही उसे ध्यान हो आया कि उसकी चाही हुई अकसर बातें सच्ची हो जाती हैं, इसलिए उसने घर-बार, बिज़नेस छोड़ने की बात को तुरंत लौटा लिया।

"सोहणेओ, तुम मेरे पास रहो तो मैं तुम्हें बँगला बनवा दूँ, कार रख दूँ—तुम सुंदरसिंह को ऐसा-वैसा ही न समझना।"

उसने सोचा कि यह कहकर उसने बिज़नेस की कुरबानी की बात रद्द कर दी है। सुंदरी का शरीर अब कसमसा नहीं रहा था और सुंदरसिंह का हाथ धीरे-धीरे उसकी पीठ को सहला रहा था। वह सोचने लगा, क्या सचमुच ऐसा दिन उसकी ज़िंदगी में आ सकता है जब सुंदरी उसकी पत्नी के रूप में उसके घर में रहे, वह उसकी बाँह में बाँहें डाले हुए घर से निकले और उन्हें देखते ही ड्राइवर कार का दरवाज़ा खोलकर खड़ा हो जाए ? मगर इससे पहले कि दिल का औलिया इस बात की गवाही देता, उसने झट से अपनी कल्पना में थोड़ा परिवर्तन कर लिया। उसने सोचा कि चाहे सुंदरी खूबसूरत है, फिर भी क्या वह उसे ज़िंदगी-भर के लिए घर में रख सकता है ? वह एक शरीफ आदमी है और वह पेशेवर बदमाश है। इसलिए उसने जल्दी से तय कर लिया कि शरीफ होने के नाते घर में रखने के लिए उसे एक शरीफ लड़की ही चाहिए, सुंदरी जैसी बाज़ारू लड़की नहीं।

मगर उसकी शराफत ने हज़ार कोशिश करने पर भी उस समय उसके दिल के अरमान पूरे नहीं होने दिए। कहाँ उसने सोचा था कि उस दिन उसके चालीस बरस के सारे अरमान निकल जाएँगे और कहाँ वह अढ़ाई घंटे में अपने अरमान निकालने की भूमिका भी नहीं तैयार कर पाया। साढ़े बारह बजे हरजीतकौर ने

दरवाज़ा खटखटाया तो सुंदरी मुँह बिचकाकर उससे अलग हो गई और वह आप पसीना-पसीना हुआ, उठ खड़ा हुआ। दरवाज़ा खोलकर उसने हरजीतकौर से अनुनय किया कि वह सुंदरी को कुछ देर और उसके पास रहने दे, वह उसे दुगने पैसे तक देने को तैयार है। मगर सुंदरी ने एक मितलाहट-भरी नज़र से उसकी तरफ देखा, जैसे वह इंसान न होकर एक चलता-फिरता दवाखाना हो, और बेरुखी से सीढ़ियों की तरफ चली गई। हरजीतकौर भी कंधे झटककर उसके पीछे-पीछे सीढ़ियाँ उतर गई।

सुंदरसिंह अपनी खुली हुई पगड़ी उठाकर आईने के सामने जा खड़ा हुआ।

"सुंदरसिंह तू गधा है, तू बैंगन है, तू अमरूद है," कहकर उसने दो-तीन बार अपने मुँह पर चपत मारी और पगड़ी लपेटने लगा। पगड़ी लपेटकर उसने फिर एक बार अपने मुँह पर चपत मारी।

"सुंदरसिंह, तू शलगम है, शलगम। तू होटल छोड़ और ठेला चला।"

मगर कुछ दिन बाद जब सुंदरी और हरजीतकौर पकड़ी गईं और शहर में हर व्यक्ति के मुँह से सुंदरी-कांड की चर्चा सुनाई देने लगी, तो सरदार सुंदरसिंह के दिल से अपनी असफलता का खेद बहुत हद तक जाता रहा। उसे यह भी लगा कि कुदरत ने इस तरह उसके तिरस्कार का बदला ले लिया है। सुंदरी ने पुलिस के सामने बयान दिया था कि वह अभी नाबालिग है, और हरजीतकौर ज़बरदस्ती उससे यह पेशा कराती है। इससे सुंदरसिंह को लगा कि उसकी असफलता के पीछे भी शायद कुदरत का ही हाथ था—वाहेगुरु ने अपनी बाँह बढ़ाकर उसे इस अपराध का हिस्सेदार बनने से बचा लिया है। उसने मन ही मन वाहेगुरु की अरदास की।

मगर यह सुनकर कि पुलिस की गाड़ी सिविल लाइंज़ में घूम रही है, उसका दिल खामखाह धड़कने लगा। उसे विश्वास था कि जिस तरह वाहेगुरु ने जब-तब उसकी लाज रखी है, उस तरह आगे भी रखेगा। मगर उसे लगा कि पुलिस की गाड़ी अचानक उधर आ निकले और सुंदरी उसे काउंटर पर खड़े देखकर पहचान ले, तब तो वाहेगुरु के लिए भी लाज रखना मुश्किल होगा। क्या पता वे लोग एक-एक प्याली चाय पीने के लिए ही उसके होटल का रुख कर लें और वहाँ आकर पुलिस वाले सुंदरी की आँखों से ताड़ लें कि दाल में कुछ काला है, और वहीं तहकीकात शुरू कर दें ? उसने काँपते हाथ से गिरी हुई पेंसिल को उठाया मगर उससे बिल-बुक में हिंदसे ठीक नहीं लिखे गए। उसने पेंसिल बीच में रखकर बिल-बुक बंद कर दी। काउंटर से हटकर उसने हरदितसिंह बैरे को इशारे से अपने

पास बुलाया और उससे कहकर कि उसके सिर में दर्द है, वह उसकी जगह काउंटर सँभाल ले, वह पिछली गली के रास्ते घर की तरफ चल दिया।

घर में दाखिल होकर सुंदरसिंह ने गली में खुलने वाला दरवाज़ा बंद कर लिया। सीढ़ियाँ चढ़कर वह ऊपर पहुँचा तो उसका उस कमरे में जाने को मन नहीं हुआ, जहाँ उसकी ज़िंदगी का हसीन ख्वाब पूरा होते-होते रह गया था। पहले हर रोज़ वह घर आते ही उस कमरे पर एक हसरत-भरी नज़र डाल देता था, मगर आज वह सीधा चौके में अपनी पत्नी भागवंती के पास चला गया। भागवंती ने ज़रा भी आश्चर्य प्रकट नहीं किया कि सरदारजी आज जल्दी क्यों चले आए हैं। वह चुपचाप आटे के पेड़े पर बेलन चलाती रही।

"भागवंती!" सुंदरसिंह ने उसके पास मोढ़े पर बैठते हुए कहा।

भागवंती ने हाथ रोककर आँखें उसकी तरफ उठाईं, जैसे कह रही हो, कुछ बात कहनी है तो जल्दी से कह डालो, नहीं मुझे काम करने दो।

"भागवंती, मुझे आज एक खयाल आया है।"

भागवंती ज़रा सतर्क हो गई। पंद्रह बरस के विवाहित जीवन में जब कभी उसने इस तरह मुलायम होकर बात की थी, उसके पीछे कोई न कोई मतलब रहा था। एक बार जब उसे होटल खोलना था, उसने इसी तरह बात करके उससे उसके गहने माँगे थे। फिर जब उसे होटल का काम बढ़ाने के लिए पैसे की ज़रूरत थी तो उसने इसी तरह की बातों से उसे अपने बाप से मिला हुआ घर गिरवी रखने के लिए राज़ी किया था। अब उसके पास अपनी संपत्ति के रूप में चाँदी के कुछ बरतनों के सिवा कुछ नहीं था। वे भी उसके दहेज में आए थे। वह पहले भी एक बार उससे कह चुकी थी कि वह किसी भी परिस्थिति में अपने बरतन बेचने के लिए उसे नहीं देगी। उसकी भौंह तिरछी हो गई और माथे पर बल पड़ गए।

"भागवंती, मैंने आज तक तेरे लिए कुछ नहीं किया।" सुंदरसिंह ने आँखें भरे हुए यह बात कही तो उसके हाथ से बेलन छूट गया। सुंदरसिंह का अपने कुछ न करने की बात कहना या सोचना उसके लिए बिलकुल अस्वाभाविक चीज़ थी। उसने बेलन सँभालते हुए तीखी नज़र से उसे देखा कि आखिर इस बात का गहरा मतलब क्या हो सकता है। सुंदरसिंह ने पगड़ी उतारकर आले में रख दी और घुटने ऊँचे उठा लिए।

"भागवंती, मैं तेरे लिए सोने की चूड़ियाँ बनवाना चाहता हूँ।"

भागवंती ने एक लंबी साँस ली, बेली हुई चपाती तवे पर डाली और कहा कि उसे गर्म फुलका खाना हो तो उसकी थाली लगा दे, सोने की चूड़ियाँ वह बहुत

पहन चुकी है !

"भागवंती, तूने सुंदरसिंह का दिल नहीं देखा। देखेगी तो कहेगी कि हाँ, सुंदरसिंह भी कुछ चीज़ है," कहता हुआ वह पगड़ी सिर पर रखकर उठ खड़ा हुआ।

भागवंती ने कुछ नहीं कहा, सिर्फ इतना पूछ लिया कि वह रोटी अभी खाएगा या ठहरकर। सुंदरसिंह के मन में था कि वह उसके पास बैठकर उससे देर तक बातें करे और रोटी खाकर उसके साथ ही बीच के कमरे में जाए। उसने यह भी सोचा था कि मौका लगा तो वह सारी बात बताकर उससे माफी भी माँगेगा। क्योंकि उसे खयाल था कि अगर सुंदरी ने पुलिस को बता दिया और पुलिस उसके घर आ गई तो भागवंती ही उसका बचाव कर सकेगी। मगर भागवंती का उदासीन भाव देखकर उससे कुछ भी नहीं कहा गया और वह रोटी के लिए मना करके चौके से निकल आया। भागवंती ने एक बार भी उससे अनुरोध नहीं किया कि वह रोटी खाकर ही जाए। वह तवे पर रोटी को फुलाकर चुपड़ती रही। सुंदरसिंह का मन खीझ गया कि इस औरत की वजह से वास्तव में उसकी ज़िंदगी तबाह हो गई है। आज अगर उसे हथकड़ी लगेगी, तो इसी की वजह से लगेगी। मगर वह तब भी शायद इसी तरह चकले पर बेलन चलाती रहेगी, और चिमटे से कोयले ठीक करती रहेगी।

कमरे में जाकर वह पलंग पर लेट गया तो उसे रह-रहकर भागवंती पर क्रोध आने लगा। वह उससे आज तक शराफत बरतता आया है, इसलिए वह उसे बिलकुल ही बोदा समझती है। यह भी तो उसकी शराफत ही थी कि जिस दिन वह सुंदरी को घर लाया, उस दिन उसने उसे मैके भेज दिया। चाहिए तो यह था कि वह उसके सामने ही घर में यह करतब करता, जिससे वह एक बार तो महसूस करती कि वह उतना गावदी नहीं है जितना वह समझती है। अब तो वह ऐसे व्यवहार करती है जैसे वह आदमी न होकर मिट्टी का ढेला हो।

गली में चार-छह व्यक्तियों के चलने की आवाज़ सुनकर सुंदरसिंह चौंक गया। एक बार उसका दिल ज़ोर से धड़क गया और उसे अफसोस हुआ कि उसने कमरे की बत्ती जलती क्यों रहने दी है। उसे लगा कि दो ही क्षण बाद उसके दरवाज़े पर दस्तक दी जाएगी और उसके कुछ ही देर बाद शायद पुलिस उसे हथकड़ी लगाकर कोतवाली की तरफ ले जा रही होगी। मगर पैरों की आवाज़ शीघ्र ही दूर चली गई और धीरे-धीरे समाप्त हो गई। सुंदरसिंह पलंग से उठा और खिड़की के पास चला गया। खिड़की की सलाखें बहुत ठंडी थीं और नीचे गली

सुनसान थी। सुंदरसिंह का मन एक विचित्र-सी निराशा से भर गया। उसने उन दो ही क्षणों में अपने मन को पुलिस के सामने घटित होने वाले दृश्य के लिए तैयार कर लिया था। मगर पुलिस तो क्या, गली में इंसान की छाया तक न थी। वह फिर आकर पलंग पर लेट गया।

दिन में उसने कई तरह के किस्से सुने थे कि सुंदरी ने लोगों के घरों में जाकर पुलिस को क्या-क्या चीज़ें बताई हैं। लोग सुंदरी की याददाश्त पर हैरानी प्रकट कर रहे थे कि कैसे उसने एक-एक घर का कच्चा चिट्ठा खोलकर रख दिया है। चौके से अब भी चकले-बेलन की आवाज़ आ रही थी। सुंदरसिंह ने करवट बदलकर सोचा कि इस समय सचमुच सुंदरी पुलिस को लिए हुए वहाँ आ जाए और पुलिस उसे हथकड़ी पहना दे, तो निःसंदेह भागवंती उसकी मर्दानगी के प्रति इस तरह उदासीन नहीं रह सकेगी और उसके दिल में उसके लिए कद्र पैदा होगी। उसके सामने वह पूरा दृश्य जैसे घटित होने लगा।

दरवाज़े पर दस्तक होती है और भागवंती दरवाज़ा खोलती है। सुंदरी और पुलिस के सिपाहियों को देखकर वह भौचक हो जाती है।

"माई, सरदार सुंदरसिंह का मकान यही है ?" एक सिपाही पूछता है।

"हाँ, यही मकान है," सुंदरी कहती है, "सीढ़ियों के साथ ही इनका बड़ा कमरा है। उससे दाईं ओर एक पलंग बिछा है। चलिए ऊपर।"

भागवंती घबराई-सी उनके लिए रास्ता छोड़ देती है। वे सब ऊपर पहुँच जाते हैं। भागवंती भी डरी-डरी-सी उनके पीछे ऊपर आ जाती है। सुंदरी पास आकर उसका हाथ पकड़ लेती है।

"यह है सरदार सुंदरसिंह," वह कहती है, "लगा दो इसे हथकड़ी।"

"हाथ आगे करो सरदारजी," सिपाही पास आकर उसे हथकड़ी पहनाने लगता है, "बहुत मौज कर ली, अब चलकर हवालात की हवा खाओ।"

वह तनकर खड़ा हो जाता है और कहता है कि वह इस मामले में बिलकुल बेकसूर है। वाहेगुरु की सौगंध खाकर कह सकता है कि वह बिलकुल बेकसूर है। यह लड़की खामखाह उसका नाम लगा रही है।

भागवंती उसके और सिपाही के बीच आकर खड़ी हो जाती है और कहती है कि वे उसके पति को गिरफ्तार नहीं कर सकते। उसका पति कभी अपराधी नहीं हो सकता। वह बेचारा तो किसी औरत की तरफ आँख उठाकर भी नहीं देखता। वह गौ की तरह असील और सौ शरीफों का एक शरीफ है।

यहाँ तक आकर सुंदरसिंह को लगा कि सिलसिला गलत हो गया है। इस

तरह पुलिस के हाथों से भागवंती उसे बचा ले, तब तो वह उसके सामने और भी हीन हो जाएगा। और वह चाहता यह है कि भागवंती के दिल पर इस बात का सिक्का बैठ जाए कि वह मिट्टी का माधो नहीं है, एक दिल और गुर्दे वाला खालिस आदमी है; यह और बात है कि वह अपने दिल को उससे मुहब्बत करने के लिए राज़ी नहीं कर पाता। इसलिए पुलिस के ऊपर आने के बाद की बात वह दूसरी तरह सोचने लगा।

सिपाही उसे हथकड़ी पहनाता हुआ कहता है कि सरदारजी, चलो, चलकर हवालात की हवा खाओ तो वह भागवंती पर एक गहरी नज़र डालकर हाथ आगे कर देता है। भागवंती पास आकर उसकी बाँह पकड़ लेती है।

"हाय सरदारजी," वह रोती आवाज़ में कहती है, "ये लोग आपको हथकड़ी क्यों लगा रहे हैं ? हाय मैं आपके बिना अकेली घर में कैसे रहूँगी ?"

सुंदरी भागवंती को बाँह से पकड़कर परे हटा देती है और कहती है कि वह पति को पहले बुरे काम करने से रोकती, अब क्यों रोती है ? भागवंती कोने में जाकर फफक-फफककर रोने लगती है और सुंदरी पलंग के नीचे से उसके जूते निकालकर उसके आगे रख देती है, और अलमारी से उसकी पगड़ी निकालकर उसे दे देती है।

"सरदारजी, जूते पहन लो और पगड़ी बाँध लो, फिर हथकड़ी लगवाना," वह हथकड़ी लगवाकर चलने के लिए तैयार हो जाता है तो सुंदरी अलमारी से निकालकर एक रूमाल भी उसकी जेब में रख देती है।

"अच्छा, भागवंती, मैं जा रहा हूँ। घर का खयाल रखना," वह कहता है और सिपाहियों के साथ चल देता है। भागवंती रो-रोकर कहती रहती है कि सरदार जी, न जाओ, मुझे घर में अकेली छोड़कर न जाओ, हाय ! मैं आपके पीछे घर में अकेली कैसे रहूँगी ? वे लोग सीढ़ियाँ उतरकर नीचे आते हैं तो पुलिस की गाड़ी का ड्राइवर उसके लिए दरवाज़ा खोल देता है—और उसे एक बार फिर अपने दिल के औलिया की बात पर विश्वास हो उठता है कि उसने जो नक्शा उसे दिखाया था वह किसी हद तक तो पूरा हो ही गया।

पुलिस की गाड़ी में बैठ जाने के बाद सुंदरसिंह की कल्पना आगे काम नहीं कर सकी। उसने एक-दो बार करवट बदली और सीधा हो गया। भागवंती चूल्हा बुझा रही थी। पानी पड़ने से लकड़ियों से सी-सी की आवाज़ निकल रही थी। गली में कोई आहट सुनाई नहीं दे रही थी। वह उठकर सीढ़ियों के पास चला गया और कुछ क्षण नीचे की तरफ देखता रहा। फिर उसने भागवंती को आवाज़ देकर कहा

कि वह बाहर जा रहा है और पैरों से आवाज़ करता हुआ सीढ़ियाँ उतरने लगा। उसे आशा थी कि शायद भागवंती उसे पीछे से आवाज़ दे कि उसे जाना है तो रोटी खाकर जाए, मगर भागवंती ने उसकी आवाज़ का उत्तर भी नहीं दिया और बुझी हुई लकड़ियों को कोने में फेंकती रही।

सुंदरसिंह गली से निकलकर बाज़ार में आया तो ज़्यादातर दुकानें बंद हो चुकी थीं। वह घूमता हुआ अपने होटल की तरफ चला गया। होटल में कोई ग्राहक नहीं था। बैरे सामान सँभालकर वहाँ से चलने की तैयारी कर रहे थे।

"सरदारजी, अब सिरदर्द ठीक है ?" हरदितसिंह बैरे ने पूछा।

"हाँ, ठीक है," कहकर सुंदरसिंह ने खाली मेज़-कुर्सियों पर एक नज़र डाली और पूछा कि उसके पीछे कोई उसे पूछने के लिए तो नहीं आया।

"नहीं, सरदारजी, कोई नहीं आया।" हरदितसिंह ने उत्तर दिया।

"कोई भी नहीं आया ?" उसने फिर पूछा।

"नहीं।"

सुंदरसिंह दाढ़ी के बाल बैठाता हुआ होटल से निकल आया और कुछ देर सड़कों के चक्कर काटता रहा। वह कंपनी बाग से होकर ट्रेनिंग कॉलेज की तरफ निकल गया। उधर से लौटते हुए वह हौसला करके पुलिस की चौकी की तरफ भी हो आया। उसके अलावा जैसे दुनिया में किसी को खयाल ही नहीं था कि आज सुंदरी-कांड के अभियुक्तों की गिरफ्तारियाँ हुई हैं और हो रही हैं। हर जगह शांति और खामोशी छाई थी। घर की ओर लौटते हुए वह दैनिक 'लोक समाचार' के कार्यालय के सामने से गुज़रा। अंदर छापे की मशीन घरड़-घरड़ कर रही थीं। उसने सोचा कि वे मशीनें उस समय वही खबर छाप रही हों—सुंदरी-कांड में पंद्रह संभ्रांत व्यक्ति गिरफ्तार कर लिए गए। सुबह सारे प्रदेशों में लोग उन गिरफ्तारियों की चर्चा कर रहे होंगे। गिरफ्तार हुए व्यक्तियों के नाम हर एक की ज़बान पर होंगे। शायद कुछ एक के फोटो भी छपें। महीनों तक वे लोग जनता की आँखों में रहेंगे। बहुत-से लोग दिल ही दिल उनसे रश्क भी करेंगे। मगर सुंदरसिंह तलवाड़ का नाम उनमें नहीं होगा। उसने एक लंबी साँस ली। मन में अजब बेचैनी भर गई। वह स्वयं नहीं समझ सका कि अभियुक्त करार न दिए जाने से उसके मन को तसल्ली मिली है या निराशा हुई है। वह कुछ देर मशीनों की आवाज़ सुनकर घर की तरफ चल दिया।

गली में दाखिल होने से पहले उसे आशा थी कि शायद उसके घर के बाहर हंगामा हो रहा हो, घर की तलाशी हो रही हो और भागवंती को डरा-धमकाकर

पूछा जा रहा हो कि उसने पति को कहाँ छिपा रखा है या वह घर से भागकर कहाँ गया है। परंतु गली जितनी उसके जाने के समय सुनसान थी, उतनी ही सुनसान अब भी थी। उसके कमरे की बत्ती, जो वह जलती छोड़ गया था, अब बुझी हुई थी।

"भागवंती !" उसने सीढ़ियाँ चढ़कर आवाज़ दी।

भागवंती सिर-मुँह ओढ़कर लेटी हुई थी। उसने कुनमुनाकर धीरे से कहा कि रोटी डिब्बे में रखी है, अगर वह होटल से ही पेट भरकर न आया हो, तो वहाँ से निकालकर खा ले।

सुंदरसिंह के मन की खीझ गुस्से में बदल गई। उसने अपने पलंग पर बैठकर जूते झटककर उतार दिए और कहा, "तुझे रोटी की पड़ी है ? यहाँ चाहे किसी की जान को बनी हो, तुझे क्या परवाह है ?"

भागवंती धीरे-धीरे उठ गई, मगर सिर-मुँह लपेटे अपने पलंग पर ही बैठी रही।

"जान को क्या बनी है ?" उसने पूछा, "फिर पैसे जुए में हार आए हो ?"

"हाँ, मैं हर रोज़ जुआ खेलता हूँ न !" सुंदरसिंह बड़बड़ाया, "यहाँ यह नहीं पता कि घड़ी में क्या हो, पल में क्या हो, और इसे बातें बनाने की सूझ रही है।"

"तो ऐसा क्यों कर आए हो जो तुम्हें पता नहीं कि घड़ी में क्या हो और पल में क्या हो ?" भागवंती अब भी ठहरे हुए उदासीन स्वर में बोली, "किसी का खून कर आए हो ?"

"हाँ, अपना खून कर आया हूँ !" सुंदरसिंह उसी तरह गुस्से में बोला और पगड़ी उतारकर शीशे के सामने चला गया। वहाँ खड़े-खड़े उसने कहा कि पता नहीं किस समय पुलिस उसे पकड़कर ले जाए, इसलिए वह अब घर-बार ठीक से सँभाल ले।

"क्यों, पुलिस को तुम्हें किसलिए पकड़ने आना है ?" भागवंती अब वास्तव में घबराकर बोली, "होटल से बोतलें-ओतलें तो नहीं पकड़ी गईं।"

सुंदरसिंह थोड़ा प्रसन्न हुआ कि अब उसका तीर निशाने पर जा लगा है। "तुझे पता नहीं, आज शहर में गिरफ्तारियाँ हो रही हैं ?" उसने फिर भी खीझ बनाए रखते हुए कहा।

"कैसी गिरफ्तारियाँ ?"

"कैसी गिरफ्तारियाँ ?" सुंदरसिंह अपने पलंग पर लौट आया। "गिरफ्तारियाँ कैसी होती हैं ?" पुलिस उन सब लोगों को हथकड़ियाँ लगा रही है जिनके नाम

वह लड़की उन्हें बता रही है।"

"कौन लड़की लोगों के नाम पुलिस को बता रही है ?" भागवंती की घबराहट जाती रही और उसके स्वर में भी झुँझलाहट भर गई, "आज फिर पी-पिला आए हो ?"

"सारी दुनिया आज सुंदरी की चर्चा कर रही है और इसे मैं बताऊँ कि वह कौन है !" सुंदरसिंह ने महत्त्व के भाव से बाँहें पीछे कर लीं, "मैं कह रहा हूँ कि घर सँभाल ले, हो सकता है कि रात को ही पुलिस यहाँ छापा मार ले।"

"मगर पुलिस को हमारे यहाँ किस बात के लिए छापा मारना है ?" भागवंती उसे गौर से देखने लगी कि वह ऐसी बहकी-बहकी बातें क्यों कर रहा है।

"वह मेरा नाम पुलिस को बता देगी तो पुलिस यहाँ छापा मारेगी कि नहीं ?" सुंदरसिंह ने सोचा कि अब उसने बात खोल दी है तो भागवंती रोना-पीटना आरंभ कर देगी। मगर भागवंती उसी तरह स्थिर बैठी रही।

"उसे तुम्हारे नाम से क्या मतलब है ?" उसने पूछा।

सुंदरसिंह ने मुश्किल से अपनी मुसकराहट को दबाया और कहा, "वह एक दिन यहाँ आई जो थी।"

परंतु यह देखकर सुंदरसिंह को सख्त निराशा हुई कि उसके ब्रह्मास्त्र का भी भागवंती पर कोई प्रभाव नहीं पड़ा। बल्कि भागवंती की आँखों का भाव तिरस्कारपूर्ण हो उठा।

"रहने दो सरदारजी," उसने कहा, "मन के लड्डू मत फोड़ो। उसे आप ही के पास आना था ! जाओ, जाकर रोटी खा लो। और नहीं खानी है तो बत्ती बुझाकर सो रहो। सारी उम्र बीत गई आपको सपने देखते।"

"तू मत मान···", सुंदरसिंह ने उलझे हुए मगर शिथिल स्वर में कहा, "मैं तो आप कहता हूँ कि मुझसे गलती हुई है। मगर जो गलती होनी थी, सो हो गई। तू घर की देखभाल··· ।"

"बस करो सरदार जी, बस करो," भागवंती ने उसकी बात बीच में ही काट दी और सिर-मुँह ओढ़कर लेटती हुई बोली, "खामखाह की बातें करके क्यों ज़बान ओछी करते हो ? उठकर बत्ती बुझा दो, मुझे नींद आ रही है।" और उसने करवट बदलकर उसकी तरफ पीठ कर ली।

सरदार सुंदरसिंह का मन बुरी तरह खीझ गया और वह उठकर कमरे में टहलने लगा। उसने एक बार मेज़ का दराज़ खोलकर बंद कर दिया। फिर पलंग को थोड़ा आगे को सरका दिया। खिड़की के पास होकर वह फिर नीचे देखने

लगा। वही नीरवता छाई थी। उसके मन की बेचैनी बढ़ गई। उसकी समझ में नहीं आ रहा था कि वह क्या कहे या करे जिससे भागवंती को विश्वास हो जाए कि वह जो कह रहा है वह सच है और एक बार वह माथे पर हाथ मार-मारकर रो उठे। मगर बहुत सोचकर भी कोई तरीका उसकी समझ में नहीं आया। हवा का एक ठंडा झोंका लगने से वह खिड़की के पास से हट आया। भागवंती तब तक ज़ोर-ज़ोर से खर्राटे भरने लगी थी। उसने हिंस्र पशु की-सी आँखों से भागवंती के सोए शरीर को देखा और बत्ती बुझाकर चौके में चला गया। ●

एक ठहरा हुआ चाकू

अजीब बात थी कि खुद कमरे में होते हुए भी बाशी को कमरा खाली लग रहा था।

उसे काफी देर हो गई थी कमरे में आए—या शायद उतनी देर नहीं हुई थी जितनी कि उसे लग रही थी। वक्त उसके लिए दो तरह से बीत रहा था—जल्दी भी और आहिस्ता भी...उसे, दरअसल, वक्त का ठीक अहसास हो नहीं रहा था।

कमरे में कुछ-एक कुर्सियाँ थीं...लकड़ी की। वैसी ही, जैसी सब पुलिस स्टेशनों पर होती हैं। कुर्सियों के बीचोबीच एक मेज़नुमा तिपाई थी जो कि कुहनी ऊपर रखते ही झूलने लगती थी। आठ फुट और आठ फुट का वह कमरा इनसे पूरा घिरा था। टूटे पलस्तर की दीवारें कुर्सियों से लगभग सटी हुई जान पड़ती थीं। शुक्र था कि कमरे में दरवाज़े के अलावा एक खिड़की भी थी।

बाहर अहाते में बार-बार चरमराते जूतों की आवाज़ सुनाई देती थी—यही वह सब-इंस्पेक्टर था जो उसे कमरे के अंदर छोड़ गया था। उस आदमी का चेहरा आँखों से दूर होते ही भूल जाता था, पर सामने आने पर फिर एकाएक याद हो आता था। कल से आज तक वह कम से कम बीस बार उसे भूल चुका था।

उसने सुलगाने के लिए सिगरेट जेब से निकाली, पर यह देखकर कि उसके पैरों के पास पहले ही काफी टुकड़े जमा हो चुके हैं, उसे वापस जेब में रख लिया। कमरे में एक ऐश-ट्रे का न होना उसे शुरू से ही अखर रहा था। इस वजह से वह एक भी सिगरेट आराम से नहीं पी सका था। पहली सिगरेट पीते हुए उसने सोचा था कि पीकर टुकड़ा खिड़की से बाहर फेंक देगा; पर उधर जाकर देखा कि खिड़की के ठीक नीचे एक चारपाई बिछी है, जिस पर लेटे या बैठे हुए दो-एक कांस्टेबल अपना आराम का वक्त बिता रहे हैं। उसके बाद फिर दूसरी बार वह खिड़की के पास नहीं गया।

अकेले कमरे में वक्त काटने के लिए सिगरेट पीने के अलावा भी जो कुछ किया जा सकता था, वह कर चुका था। जितनी कुर्सियाँ थीं, उनमें से हर एक पर एक-एक बार बैठ चुका था। उनके गिर्द चहलकदमी कर चुका था। दीवारों का पलस्तर दो-एक जगह से उखाड़ चुका था। मेज़ पर एक बार पेंसिल से और न

जाने कितनी बार उँगली से अपना नाम लिख चुका था। एक ही काम था जो उसने नहीं किया था—वह था दीवार पर लगी क्वीन विक्टोरिया की तस्वीर को थोड़ा तिरछा कर देना। बाहर अहाते से लगातार जूते की चरमर सुनाई न दे रही होती, तो अब तक उसने यह भी कर दिया होता।

उसने अपनी नब्ज़ पर हाथ रखकर देखा कि बहुत तेज़ तो नहीं चल रही। फिर हाथ हटा लिया कि कोई उसे ऐसा करते देख न ले।

उसे लग रहा था कि वह थक गया है और उसे नींद आ रही है। रात को ठीक से नींद नहीं आई थी। ठीक से क्या, शायद बिलकुल नहीं आई थी। या शायद नींद में भी उसे लगता रहा था कि वह जाग रहा है। उसने बहुत कोशिश की थी कि जागने की बात भूलकर किसी तरह सो सके—पर इस कोशिश में ही पूरी रात निकल गई थी।

उसने जेब से पेंसिल निकाल ली और बाएँ हाथ पर अपना नाम लिखने लगा—बाशी, बाशी, बाशी। सुभाष, सुभाष, सुभाष।

आज सुबह यह नाम प्रायः सभी अखबारों में छपा था। रोज़ के अखबार के अलावा उसने तीन-चार अखबार और खरीदे थे। किसी में दो इंच में खबर दी गई थी, किसी में दो कॉलम में। जिसने दो कॉलम में खबर दी थी, वह रिपोर्टर उसका परिचित था। वह अगर उसका परिचित न होता, तो शायद···

वह अब अपनी हथेली पर दूसरा नाम लिखने लगा—वह नाम जो उसके नाम के साथ-साथ अखबारों में छपा था—नत्थासिंह, नत्थासिंह, नत्थासिंह।

यह नाम लिखते हुए उसकी हथेली पर पसीना आ गया। उसने पेंसिल रखकर हथेली को मेज़ से पोंछ लिया।

जूते की चरमर दरवाज़े के पास आ गई। सब-इंस्पेक्टर ने एक बार अंदर झाँककर पूछ लिया, "आपको किसी चीज़ की ज़रूरत तो नहीं ?"

"नहीं," उसने सिर हिला दिया। उसे तब ऐश-ट्रे का ध्यान नहीं आया।

"पानी-आनी की ज़रूरत होगी, तो माँग लीजिएगा।"

उसने फिर सिर हिला दिया कि ज़रूरत होगी तो माँग लेगा। साथ पूछ लिया, "अभी और कितनी देर लगेगी ?"

"अब ज़्यादा देर नहीं लगेगी," सब-इंस्पेक्टर ने दरवाज़े के पास से हटते हुए कहा, "पंद्रह-बीस मिनट में ही उसे ले आएँगे।"

इतना ही वक्त उसे तब भी बताया गया था जब उसे उस कमरे में छोड़ा गया था। तब से अब तक क्या कुछ भी वक्त नहीं बीता था ?

जूते के अंदर, दाएँ पैर के तलवे में, खुजली हो रही थी। जूता खोलकर एक बार अच्छी तरह खुजला लेने की बात वह कितनी ही बार सोच चुका था। पर हाथ दो-एक बार नीचे झुकाकर भी उससे तस्मा खोलते नहीं बना। उस पैर को दूसरे पैर से दबाए वह जूते को ज़मीन पर रगड़कर रह गया।

हाथ की पेंसिल फिर चल रही थी। उसने अपनी हथेली को देखा। दोनों नामों के ऊपर उसने बड़े-बड़े अक्षरों में लिख दिया था—अगर।

अगर...

अगर कल सुबह वह स्कूटर की बजाय बस से आया होता...

अगर बर्फ खरीदने के लिए उसने स्कूटर को दायरे के पास न रोका होता...

अगर...

उसने जूते को फिर ज़मीन पर रगड़ लिया। मन में मिन्नी का चेहरा उभर आया। अगर वह कल मिन्नी से न मिला होता...

वह, जो कभी सुबह नौ बजे से पहले नहीं उठता था, सिर्फ मिन्नी की वजह से उन दिनों सुबह छह बजे तैयार होकर घर से निकल जाता था। मिन्नी ने मिलने की जगह भी क्या बताई थी—अजमेरी गेट के अंदर हलवाई की एक दुकान ! जिस प्राइवेट कॉलेज में वह पढ़ने आती थी, उसके नज़दीक बैठने लायक और कोई जगह थी ही नहीं। एक दिन वह उसे जामा मस्जिद ले गया था—कि कुछ देर वहाँ के किसी होटल में बैठेंगे। पर उतनी सुबह किसी होटल का दरवाज़ा नहीं खुला था। आखिर मेहतरों की उड़ाई धूल से सिर-मुँह बचाते वे उसी दुकान पर लौट आए थे। दुकान के अंदर पंद्रह-बीस मेज़ें लगी रहती थीं। सुबह-सुबह लस्सी-पूरी का नाश्ता करने वाले लोग वहाँ जमा हो जाते थे। उनमें से बहुत-से तो उन्हें पहचानने भी लगे थे—क्योंकि वे रोज़ कोने की मेज़ के पास घंटा-घंटा-भर बैठे रहते हैं। मिन्नी अपने लिए सिर्फ कोकाकोला की बोतल मँगवाकर सामने रख लेती थी—पीती उसे भी नहीं थी। लस्सी-पूरी का ऑर्डर उसे अपने लिए देना पड़ता था। जल्दी-जल्दी खाने की आदत होने से सामने का पत्ता दो मिनट में ही साफ हो जाता था। मिन्नी कई बार दो-दो पीरियड मिस कर देती थी, इसलिए वहाँ बैठने के लिए उसे और-और पूरी मँगवाकर खाते रहना पड़ता था। उससे सुबह-सुबह उतना नाश्ता नहीं खाया जाता था, पर चुपचाप और निगलते जाने के सिवा कोई चारा नहीं होता था। मिन्नी देखती कि खा-खाकर उसकी हालत खस्ता हो रही है, तो कहती कि चलो, कुछ देर पास की गलियों में टहल लिया जाए। सड़क पर वे

नहीं टहल सकते थे,क्योंकि वहाँ कॉलेज की और लड़कियाँ आती-जाती मिल जाती थीं। हलवाई की दुकान के साथ से गली अंदर को मुड़ती थी—उससे आगे गलियों की लंबी भूलभुलैया थी, जिसमें वे किसी भी तरफ को निकल जाते थे—जब चलते-चलते सामने सड़क का मुहाना नज़र आ जाता तो वे वहीं से लौट पड़ते थे।

"इस इतवार को कोई देखने आने वाला है," उस दिन मिन्नी ने कहा था।

"कौन आने वाला है ?"

"कोई है—काठमांडू से आया है। दस दिन में शादी करके लौट जाना चाहता है।"

"फिर ?"

"फिर कुछ नहीं। आएगा तो मैं उससे साफ-साफ सब कह दूँगी।"

"क्या कह दोगी ?"

"यह क्यों पूछते हो ? तुम्हें पूछने की ज़रूरत नहीं है।"

"अगर उस वक्त तुम्हारी ज़बान न खुल सकी तो ?"

"तो समझ लेना कि ऐसे ही बेकार की लड़की थी—इस लायक थी ही नहीं कि तुम उससे किसी तरह की रास्त रखते।"

"पर तुमने पहले ही घर में क्यों नहीं कह दिया ?"

"यह तुम जानते हो कि मैंने नहीं कहा ?" कहते हुए मिन्नी ने उसकी उँगलियाँ अपनी उँगलियों में ले ली थीं। "अभी तो तुम दूसरे के घर में रहते हो। जब तुम अपना घर ले लोगे, तो मैं···तब तक मैं ग्रेजुएट भी हो जाऊँगी।"

एक बहते नल का पानी गली में यहाँ से वहाँ तक फैला था। बचने की कोशिश करने पर भी दोनों के जूते कीचड़ से लथपथ हो गए थे। एक जगह उसका पाँव फिसलने लगा तो मिन्नी ने बाँह से पकड़कर उसे सँभाल लिया। कहा, "ठीक से देखकर नहीं चलते न ! पता नहीं, अकेले रहकर कैसे अपनी देखभाल करते हो ?"

अगर···

अगर मिन्नी ने यह न कहा होता, तो वह उतना खुश-खुश न लौटता। उस हालत में ज़रूर स्कूटर के पैसे बचाकर बस से आया होता।

अगर घर के पास के दायरे में पहुँचने तक उसे प्यास न लग आई होती···

उसने स्कूटर को वहाँ रोक लिया था—कि दस पैसे की बर्फ खरीद ले। महीना जुलाई का था, फिर भी उसे दिन-भर प्यास लगती थी। दिन में कई-कई बार वह बर्फ खरीदने वहाँ आता था। दुकानदार उसे दूर से देखकर ही पेटी खोल

लेता था और बर्फ तोड़ने लगता था।

पर तब तक अभी बर्फ की दुकान खुली नहीं थी।

बर्फ खरीदने के लिए उसने जो पैसे जेब से निकाले थे, उन्हें हाथ में लिए वह लौटकर स्कूटर के पास आया, तो एक और आदमी उसमें बैठ चुका था। वह पास पहुँचा, तो स्कूटर वाले ने उसकी तरफ हाथ बढ़ा दिया—जैसे कि वहाँ उतरकर वह स्कूटर खाली कर चुका हो।

"स्कूटर अभी खाली नहीं है," उसने स्कूटर वाले से न कहकर अंदर बैठे आदमी से कहा।

"खाली नहीं से मतलब ?" उस आदमी का चेहरा सहसा तमतमा उठा। वह एक लंबा-तगड़ा सरदार था—लुंगी के साथ मलमल का कुरता पहने। लंबा शायद उतना नहीं था, पर तगड़ा होने से लंबा भी लग रहा था।

"मतलब कि मैंने अभी इसे खाली नहीं किया है।"

"खाली नहीं किया, तो मैं अभी कराऊँ तुझसे खाली ?" कहते हुए सरदार ने दाँत भींच लिए। "जल्दी से उसके पैसे दे और अपना रास्ता देख, वरना···"

"वरना क्या होगा ?"

"बताऊँ तुझे क्या होगा ?" कहते हुए सरदार ने उसे कॉलर से पकड़कर अपनी तरफ खींच लिया और उसके मुँह पर एक झाँपड़ दे मारा—"यह होगा। अब आया समझ में ? दे जल्दी से उसके पैसे और दफा हो यहाँ से।"

उसका खून खौल गया—कि एक आदमी, जिसे वह जानता तक नहीं, भरे बाज़ार में उसके मुँह पर थप्पड़ मारकर उससे दफा होने को कह रहा है ! उसका चश्मा नीचे गिर गया था। उसे ढूँढ़ते हुए उसने कहा, "सरदार, ज़रा ज़बान सँभालकर बात कर।"

"क्या कहा ? ज़बान सँभालकर बात करूँ ? हरामज़ादे, तुझे पता है, मैं कौन हूँ ?" जब तक उसने आँखों पर चश्मा लगाया, सरदार स्कूटर से नीचे उतर आया था। उसका एक हाथ कुरते की जेब में था।

"तू जो भी है, इस तरह की बदतमीज़ी करने का तुझे कोई हक नहीं," कहते न कहते उसने देखा कि सरदार जी की जेब से निकलकर एक चाकू उसके सामने खुल गया है। "तू अगर समझता है कि···" यह वाक्य वह पूरा नहीं कर पाया। खुले चाकू की चमक से उसकी ज़बान और छाती सहसा जकड़ गई। उसके हाथ से पैसे वहीं गिर गए और वह वहाँ से भाग खड़ा हुआ।

"ठहर मादर···अब जा कहाँ रहा है ?" उसने पीछे से सुना।

"पैसे साहब !" यह आवाज़ स्कूटर वाले की थी।

उसने जेब में हाथ डाला और जितने सिक्के हाथ में आए, निकालकर सड़क पर फेंक दिए। पीछे मुड़कर नहीं देखा। घर की गली बिलकुल सामने थी, पर उस तरफ न जाकर वह जाने किस तरफ को मुड़ गया। कहाँ तक और कितनी देर तक भागता रहा, इसका उसे होश नहीं रहा। जब होश हुआ तो वह एक अपरिचित मकान के जीने में खड़ा हाँफ रहा था···

उसने पेंसिल हाथ से रख दी और हथेली पर बने शब्दों को अँगूठे से मल दिया। तब तक न जाने कितने शब्द और वहाँ लिखे गए थे, जो पढ़े भी नहीं जाते थे। सब मिलाकर आड़ी-तिरछी लकीरों का एक गुंझल था जो मल दिए जाने पर भी पूरी तरह मिटा नहीं था। हथेली सामने किए वह कुछ देर उस अधबुझे गुंझल को देखता रहा। हर लकीर का नोक-नुक्ता कहीं से बाकी था। उसने सोचा कि वहाँ कहीं एक वाशबेसिन होता, तो वह दोनों हाथों को अच्छी तरह मलकर धो लेता।

"हलो···!"

उसने सिर उठाकर देखा। महेंद्र, जिसके यहाँ वह रहता था, और वह रिपोर्टर, जिसने दो कॉलम में खबर दी थी, उसके सामने खड़े थे। सब-इंस्पेक्टर के जूते की चरमर दरवाज़े से दूर जा रही थी।

"तुम इस तरह बुझे-से क्यों बैठे हो ?" महेंद्र ने पूछा।

"नहीं तो," उसने कहा और मुसकराने की कोशिश की।

"ये लोग उसे लॉक-अप से यहाँ ले आए हैं। अभी थोड़ी देर में उसे शनाख्त के लिए इधर लाएँगे।"

उसने सिर हिलाया। वह अब भी वाशबेसिन की बात सोच रहा था।

"थानेदार बता रहा था कि सुबह-सुबह उसके घर जाकर इन्होंने उसे पकड़ा है। ये लोग कब से उसके पीछे थे—पर पकड़ने का कोई मौका इन्हें नहीं मिल रहा था। कोई भला आदमी उसकी रिपोर्ट ही नहीं करता था।"

उसने अब फिर मुसकराने की कोशिश की। पेंसिल उसने मेज़ से उठाकर जेब में डाल ली।

"मैं आज फिर अखबार में उसकी खबर दूँगा," रिपोर्टर बोला—"जब तक इस आदमी को सज़ा नहीं हो जाती, हम इसका पीछा नहीं छोड़ेंगे।"

उसे लगा कि उसके कान गरम हो रहे हैं। उसने हलके से एक कान को सहला लिया।

"तय हुआ है," महेंद्र ने कहा, "कि उसे साथ लिए हुए चार सिपाही अहाते में दाईं तरफ से आएँगे और बाईं तरफ से निकल जाएँगे। उसे यह पता नहीं चलने दिया जाएगा कि तुम यहाँ हो। तुम यहाँ बैठे-बैठे उसे देख लेना और बाद में बता देना कि हाँ, यही आदमी है जिसने तुम पर चाकू चलाना चाहा था। वह थानेदार के सामने इतना तो मान गया है कि कल उसने स्कूटर को लेकर झगड़ा किया था, पर चाकू निकालने की बात नहीं माना। कहता है कि चाकू-आकू तो उसके पास होता ही नहीं—उसके दुश्मनों ने खामखाह उसे फँसाने के लिए रिपोर्ट लिखवा दी है। यह भी कह रहा था कि वह तो अब इस इलाके में रहना नहीं चाहता—दो-एक मुकदमों का फैसला हो जाए, तो वह इस इलाके से चला जाएगा।"

वह कुछ देर क्वीन विक्टोरिया की तस्वीर को देखता रहा। फिर अपनी उँगलियों को मसलता हुआ आहिस्ता से बोला, "मेरा खयाल है, हमें रिपोर्ट नहीं लिखवानी चाहिए थी।"

"तुम फिर वही बुज़दिली की बात कर रहे हो ?" महेंद्र थोड़ा तेज़ हुआ। "तुम चाहते हो कि ऐसे आदमी को गुंडागर्दी की खुली छूट मिली रहे ?"

उसकी आँखें तस्वीर से हटकर पल-भर महेंद्र के चेहरे पर टिकी रहीं। उसे लगा कि जो बात वह कहना चाहता है, वह शब्दों में नहीं कही जा सकती।

"आपको डर लग रहा है ?" रिपोर्टर ने पूछा।

"बात डर की नहीं···।"

"तो और क्या बात है ?" महेंद्र फिर बोल उठा। "तुम कल भी कंपलेंट लिखवाने में आनाकानी कर रहे थे···।"

"मैंने यह बात भी अपनी रिपोर्ट में लिखी है," रिपोर्टर ने कहा और एक सिगरेट सुलगा ली।

"खैर, रिपोर्ट तो अब हो गई है और उस आदमी को गिरफ्तार भी कर लिया गया है," महेंद्र बोला। "तुम्हें डरना नहीं चाहिए। इतने लोग तुम्हारे साथ हैं।"

"मैं समझता हूँ कि गुंडागर्दी को रोकने में आदमी की जान भी चली जाए, तो उसे परवाह नहीं करनी चाहिए," रिपोर्टर ने कश खींचते हुए कहा। "इन लोगों के हौसले इतने बढ़ते जा रहे हैं कि ये किसी को कुछ समझते ही नहीं। पिछले दो साल में ही गुंडागर्दी की घटनाएँ पहले से पौने तीन गुना हो गई हैं—यानी पहले से एक सौ पचहत्तर फीसदी ज़्यादा। अगर अब भी इनकी रोकथाम न की गई, तो पाँच साल में आदमी के लिए घर से निकलना मुश्किल हो जाएगा।"

रिपोर्टर की सिगरेट की राख उसके घुटने पर आ गिरी। उसने हलके से उसे

झाड़ दिया और बाहर की तरफ देखने लगा।

"ये लोग अब उसके घर चाकू तलाश करने गए हैं," महेंद्र दोनों जेबों में हाथ डाले चलने के लिए तैयार होकर बोला। "हो सकता है, तुमसे चाकू की शनाख्त के लिए भी कहा जाए।"

"चाकू की शनाख्त कैसे होगी ?" उसने उसी स्वर में पूछ लिया।

"कैसे होगी ?" महेंद्र फिर उत्तेजित हो उठा। "देखकर कह देना होगा कि हाँ, यही चाकू है—और शनाख्त कैसे होती है ?"

"पर मैंने तो चाकू ठीक से नहीं देखा था।"

"नहीं देखा था तो अब देख लेना। हम थोड़ी देर में फोन करके यहाँ से पता कर लेंगे। तुम यहाँ से निकलकर सीधे घर चले जाना और रात को मेरे लौटने तक घर पर ही रहना।"

वे लोग चले गए तो कमरा उसे फिर खाली लगने लगा—बिलकुल खाली—जिसमें वह खुद भी जैसे नहीं था। सिर्फ कुर्सियाँ थीं, दीवारें थीं और एक खुला दरवाज़ा था—बाहर जूते की चरमर अब सुनाई नहीं दे रही थी।

"सुनो···," उसे लगा, जैसे उसने मिन्नी की आवाज़ सुनी हो। उसने आसपास देखा। कोई भी वहाँ नहीं था। सिर्फ सिर के ऊपर घूमता पंखा आवाज़ कर रहा था। उसे हैरानी हुई कि अब तक उसे इस आवाज़ का पता क्यों नहीं चला। उसे तो इतना अहसास भी नहीं था कि कमरे में एक पंखा भी है।

सिर कुर्सी की पीठ से टिकाए वह पंखे की तरफ देखने लगा—उसकी तेज़ रफ्तार में अलग-अलग परों को पहचानने की कोशिश करने लगा। उसे खयाल आया कि उसके सिर के बाल बुरी तरह उलझे हैं और वह सुबह से नहाया नहीं है। आज सुबह से ही नहीं, कल सुबह से···।

कल दिन-भर वे लोग स्कूटरों और टैक्सियों में घूमते रहे थे। वह और महेंद्र। घर पहुँचकर उसने महेंद्र को उस घटना के बारे में बतलाया, तो वह तुरंत ही उस संबंध में 'कुछ करने' को उतावला हो उठा था। पहले उन्होंने दायरे के पास जाकर पूछताछ की। वहाँ कोई भी कुछ बतलाने को तैयार नहीं था। जो मोची दायरे के पास बैठा था, वह सिर झुकाए चुपचाप हाथ से जूते को सीता रहा। उसने कहा कि वह घटना के समय वहाँ नहीं था—नल पर पानी पीने गया था। और भी जिस-जिससे पूछा, उसने सिर हिलाकर मना कर दिया कि वह उस आदमी के बारे में कुछ नहीं जानता। सिर्फ मेडिकल स्टोर के इंचार्ज ने दबी आवाज़ में कहा, "नत्थासिंह को यहाँ कौन नहीं जानता ? अभी कुछ ही दिन पहले उसके आदमियों

ने पिछली गली में एक पान वाले का कत्ल किया है। वे तीन-चार भाई हैं और इस इलाके के माने हुए गुंडे हैं। खैरियत समझिए कि आपकी जान बच गई, वरना हममें से तो किसी को इसकी उम्मीद नहीं रही थी। अब बेहतरी इसी में है कि आप इस चीज़ को चुपचाप पी जाएँ और बात को ज़्यादा बिखरने न दें। यहाँ आपको एक भी आदमी ऐसा नहीं मिलेगा, जो उसके खिलाफ गवाही देने को तैयार हो। अगर आप पुलिस में रिपोर्ट करें और पुलिस यहाँ तहकीकात के लिए आए, तो सब लोग साफ मुकर जाएँगे कि यहाँ पर ऐसा कुछ हुआ ही नहीं।"

पर महेंद्र का कहना था कि रिपोर्ट ज़रूर करेंगे—ऐसे आदमी को सज़ा दिलवाए बगैर नहीं छोड़ा जा सकता।

थानेदार से बात करने पर उसने कहा, "हाँ-हाँ, रिपोर्ट आपको ज़रूर लिखवानी चाहिए। इन गुंडों से मत्था लेने में यूँ थोड़ा-बहुत खतरा तो रहता ही है—और कुछ न करें, आप पर एसिड-वेसिड ही डाल दें। ऐसा उन्होंने दो-एक बार किया भी है। पर हम आपकी हिफाज़त के लिए हैं, आपको डरना नहीं चाहिए। एक अच्छे शहरी होने के नाते आपका फर्ज़ है कि आप रिपोर्ट ज़रूर लिखवाएँ। हम लोगों को भी तो इनके खिलाफ कार्रवाई करने का मौका इसी तरह मिल सकता है।"

रिपोर्ट लिखवाने के बाद वे लोग अखबारों के दफ्तरों में गए—एस०पी० और डी०एस०पी० से मिले। उस दौरान कई बातों का पता चला—कि उस आदमी का मुख्य धंधा लड़कियों की दलाली करना है—कि ऊँचे सरकारी और राजनीतिक हलके के अमुक-अमुक व्यक्तियों को वह लड़कियाँ सप्लाई करता है—कि उसकी कितनी भी रिपोर्टें की जाएँ, कभी उसके खिलाफ कार्रवाई नहीं की जाती—कि नीचे से अमुक-अमुक लोग उससे पैसे खाते हैं—कि नीचे से कार्रवाई कर भी दी जाए, तो ऊपर से अमुक-अमुक का फोन आ जाता है, जिससे कार्रवाई वापस ले ली जाती है···।

"वह तो बेचारा सिर्फ दलाली करता है," डी०एस०पी० ने ज़रूरी फाइलों पर दस्तखत करते हुए कहा, "कत्ल-अत्ल करने का उसका हौसला नहीं पड़ सकता। हम उसके खिलाफ कार्रवाई करेंगे—आपको डरना बिलकुल नहीं चाहिए।"

अखबारों के चीफ क्राइम रिपोर्टर ने तीस हज़ारी कैंटीन की ठंडी चाय के लिए छोकरे को डाँट-फटकार करते हुए सलाह दी, "आप पहला काम यही कीजिए कि जाकर अपनी रिपोर्ट वापस ले लीजिए। थानेदार मेरा वाकिफ है, आप चाहें तो उससे मेरा नाम ले सकते हैं—कि पंडित माधोप्रसाद ने यह राय दी है। वह अकेला

नहीं है, एक बहुत बड़ा गिरोह उसके साथ है। हम लोग इनसे उलझ लेते हैं, क्योंकि एक तो हम इन सबको पहचानते हैं और दूसरे, हिफाज़त के लिए रिवाल्वर-आल्वर अपने साथ रखते हैं। वे भी जानते हैं कि जितने बड़े गुंडे ये दूसरों के लिए हैं, उतने ही बड़े गुंडे हम इनके लिए हैं। इसलिए हमसे डरते भी हैं। पर आप जैसे आदमी को तो ये एक दिन में साफ कर देंगे—आपको इनसे बचकर रहना चाहिए···।"

अपनी अनेक राजनीतिक व्यस्तताओं से समय निकालकर उस विभाग के मंत्री ने भी अपने लॉन में चहलकदमी करते हुए शाम को एक मिनट उनसे बात की। छूटते ही पूछा, "किस चीज़ की अदावत थी तुम लोगों में ?"

"अदावत का तो कोई सवाल नहीं था," वह जल्दी-जल्दी कहने लगा, "मैं सुबह स्कूटर में घर की तरफ आ रहा था···।"

"तुम अपनी शिकायत एक कागज़ पर लिखकर सेक्रेटरी को दे दो," उन्होंने बीच में ही कहा, "उस पर जो कार्रवाई करनी होगी, कर दी जाएगी।" और वे लॉन में खड़े दूसरे ग्रुप की तरफ मुड़ गए।

रात को घर लौटने पर उसे अपने हाथ-पैर ठंडे लग रहे थे। पर महेंद्र का उत्साह कम नहीं हुआ था। वह आधी रात तक इधर-उधर फोन करके तरह-तरह के आँकड़े जमा करता रहा। "उसे कम से कम तीन साल की सज़ा होनी चाहिए," उसने सोने से पहले आँकड़ों के आधार पर निष्कर्ष निकाल लिया।

महेंद्र के सो जाने के बाद वह काफी देर साथ के कमरे से आती साँसों की आवाज़ सुनता रहा था—उस आवाज़ में उतनी सुरक्षा का अहसास उसे पहले कभी नहीं हुआ था। वह आवाज़—एक जीवित आवाज़—उसके बहुत पास थी और लगातार चल रही थी। जितनी जीवित वह आवाज़ थी, उतना ही जीवित था उसे सुन सकना—चुपचाप लेटे हुए, बिना किसी कोशिश के, अपने कानों से सुन सकना। गर्मी और उमस के बावजूद रात ठंडी थी—कुछ देर पहले से हलकी-हलकी बूँदें पड़ने लगी थीं। कभी-कभी उसे संदेह होता कि जो आवाज़ वह सुन रहा है, वह रात की ही तो आवाज़ नहीं—सिर्फ पत्तों के हिलने और बूँदों के गिरने की आवाज़। कि सुनना भी कहीं सुनना न होकर अपने से बाहर का कोरा शब्द ही तो नहीं। तब वह करवट बदलकर अपने हाथ-पैरों का 'होना' महसूस करता और फिर से साँसों का शब्द सुनने लगता···

खिड़की से कभी-कभी हवा का झोंका आता, जिससे रोंगटे सिहर जाते थे। उस सिहरन में हवा के स्पर्श के अतिरिक्त भी कुछ होता—शायद रोंगटों में अपने अस्तित्व की अनुभूति। एक झोंके के बीत जाने पर वह दूसरे की प्रतीक्षा करता,

जिससे कि फिर से उस स्पर्श और सिहरन को अपने में महसूस कर सके। उस सिहरन के बाद उसे अपना हाथ खाली-खाली-सा लगता। मन होता कि हाथ में कसने के लिए एक और हाथ उसके पास हो—मिन्नी का पतली और चुभती उँगलियों वाला हाथ। कि हाथ के अलावा मिन्नी का पूरा शरीर भी पास में हो—इकहरा, पर भरा हुआ शरीर—जिसके एक-एक हिस्से से अपने सिर और होंठों को रगड़ता हुआ वह अपने नाक-कान-गालों से उसकी साँसों का शब्द और उतार-चढ़ाव महसूस कर सके। पर मिन्नी वहाँ नहीं थी—और उसके हाथ ही नहीं, पूरा अपना-आप खाली था। उसकी आँखें दर्द कर रही थीं और कनपटियों की नसें फड़क रही थीं। अगर वह रात, रात न होकर सुबह होती—एक दिन पहले की सुबह—वह अभी मिन्नी से बात करके उससे अलग न हुआ होता, और स्टैंड पर आकर अभी स्कूटर में न बैठा होता···!

कोई चीज़ हलक में चुभ रही थी—एक नोक की तरह। वह बार-बार थूक निगलकर उस चुभन को मिटा लेना चाहता। कभी-कभी उसे लगता कि किसी हाथ ने उसका गला दबोच रखा है और यह चुभन गले पर कसते नाखूनों की है। तब वह जैसे अपने को उन हाथों से छुड़ाने के लिए छटपटाने लगता। उसे अपने अंदर से एक हौलनाक-सी आवाज़ सुनाई देती—अपनी तेज़ चलती साँसों की आवाज़। रात तब दिन में और कमरा सड़क में घुल-मिल जाता और वह अपने को फूली साँस और अकड़ी पिंडलियों से बेतहाशा सड़क पर भागते पाता। सड़क है—सिर्फ सलेटी सड़क—जिसका कोलतार जहाँ-तहाँ से पिघल रहा है। उस पर, जैसे उससे आगे-आगे, दो पैर हैं—उसके अपने पैर। जूते के फीते खुले हैं। पतलून के पायँचे जूते में अटक-अटक जाते हैं। पर वह सरपट भाग रहा है—जैसे जूते और पायँचों के ऊपर-ऊपर से। आगे एक-दूसरे में गड्डमड्ड मकान हैं, नालियाँ हैं, लोग हैं। सब उसके रास्ते में हैं—पर कोई भी, कुछ भी, उसके रास्ते में नहीं है। सिर्फ सड़क है, वह है, और भागना है···।

आँख खुल जाती तो बाहर बिजली चमकती दिखाई देती। फिर मुँद जाती तो कोई चीज़ अंदर कौंधने लगती।···एक ज़ीने की सीढ़ियों ने उसे रस्सियों की तरह लपेट रखा है। एक तेज़ धार का चाकू उन रस्सियों को काटता आता है। उसके पास आने से पहले ही उसकी धार जैसे शरीर में चुभने लगती है। यह उसकी पीठ है···पीठ नहीं, छाती है। चाकू की नोक सीधी उसकी छाती की तरफ···नहीं, गले की तरफ···आ रही है। वह उस नोक से बचने के लिए अपना सिर पीछे हटा रहा है···पर पीछे आसमान नहीं, दीवार है। वह कोशिश कर रहा है

कि उसका सिर दीवार में गड़ जाए···दीवार के अंदर छिप जाए। पर दीवार, दीवार नहीं, रस्सियों का जाल है, और जाल के उस तरफ···फिर वही चाकू की नोक है। जाल टूट रहा है। सीढ़ियाँ पैरों के नीचे से फिसल रही हैं। क्या वह किसी तरह सीढ़ियों में—रस्सियों में—उलझा रहकर अपने को नहीं बचा सकता ?

आँख फिर खुल जाती तो उसे तेज़ प्यास महसूस होती। पर जब तक वह उठने और पानी पीने की बात सोचता, तब तक आँख फिर झपक जाती।

चाप् चाप् चाप्···!

जूते की आवाज़ फिर दरवाज़े के पास आ गई। वह कुर्सी पर सीधा हो गया।

"आप तैयार हैं ?" सब-इंस्पेक्टर ने अंदर आकर पूछा।

उसने सिर हिलाया। उसे लग रहा था कि रात से अब तक उसने पानी पिया ही नहीं।

"तो अपनी कुर्सी ज़रा तिरछी कर लीजिए और बाहर की तरफ देखते रहिए। हम लोग अभी उसे लेकर आ रहे हैं," कहकर सब-इंस्पेक्टर चला गया।

चाप् चाप् चाप्···!

उसे लगा कि उसके हाथों की उँगलियाँ काँप रही हैं—ऐसे जैसे वे हाथों से ठीक से जुड़ी न हों।

साथ के कमरे में एक आदमी रो रहा था—धौल-धप्पे से कोई चीज़ उससे कबुलवाई जा रही थी।

क्वीन विक्टोरिया की तस्वीर जैसे दीवार से थोड़ा आगे को हट आई थी—उसके और ज़मीन के बीच का फासला भी अब पहले जितना नहीं लग रहा था।

चाप् चाप् चाप्—यह कई पैरों की मिली-जुली आवाज़ थी। साथ के कमरे में पिटाई चल रही थी : "बोल हरामज़ादे, तू किस रास्ते से घुसा था घर के अंदर ?" और इसके जवाब में आती आवाज़ : "नहीं, मैं नहीं घुसा था। मैं तो उस घर की तरफ गया भी नहीं था··· ।"

चार सिपाही कमरे के बाहर आ गए थे, और उनके बीच था वही सरदार—उसी तरह लुंगी के साथ मलमल का लंबा कुरता पहने। हथकड़ी के बावजूद उसके हाथ बँधे हुए नहीं लग रहे थे।

पल-भर के लिए बाशी को लगा, जैसे उसे उस आदमी का नाम भूल गया हो। कल दिन में कितनी ही बार, कितने ही लोगों के मुँह से, वह नाम सुना था। जिस किसी से बात हुई थी, वह उस आदमी को पहले से ही जानता था। अभी

कुछ ही देर पहले उसने वह नाम अपनी हथेली पर लिखा था। क्या नाम था वह ?

दरवाज़े के पास आकर वे लोग रुक गए थे—जैसे किसी चीज़ का पता करने के लिए। थानेदार और सब-इंस्पेक्टर में से कोई उनके साथ नहीं था।

"कहाँ चलना है ? इस तरफ ?" कहता हुआ सरदार उसी दरवाज़े की तरफ बढ़ आया। अब वे दोनों आमने-सामने थे। चारों सिपाही पीछे चुपचाप खड़े थे।

बाशी को अचानक उसका नाम याद हो आया। नत्थासिंह। सुबह प्रायः सभी अखबारों में यह नाम पढ़ा था। तब उसे इस आदमी की सूरत याद नहीं आ रही थी। सोच रहा था कि उसे देखकर पहचान भी पाएगा या नहीं। पर अब वह सामने था तो उसकी सूरत बहुत पहचानी हुई लग रही थी। जैसे कि वह उसे एक मुद्दत से जानता हो।

वह आदमी सीधी नज़र से उसकी तरफ देख रहा था—जैसे कि उसका चेहरा आँखों में बिठा लेना चाहता हो। पर बाशी अपनी आँखें हटाकर दूसरी तरफ देखने की कोशिश कर रहा था—खिड़की की तरफ। खिड़की के बाहर पेड़ के पत्ते हिल रहे थे। पेड़ की डाल पर एक कौआ पंख फड़फड़ा रहा था।

वह एक लंबा वक्फा था—खामोश वक्फा—जिसमें कि उसके कान ही नहीं, गाल भी दहकने लगे। पैर में तेज़ खुजली उठ रही थी, फिर भी उसने उसे दूसरे पैर से दबाया नहीं। उसकी आँखें खिड़की से हटकर ज़मीन में धँस गईं और तब तक धँसी रहीं जब तक कि वह वक्फा गुज़र नहीं गया। उन लोगों के चले जाने के कई क्षण बाद उसने आँखें दरवाज़े की तरफ मोड़ीं। तब थानेदार अहाते में खड़ा सब-इंस्पेक्टर को डाँट रहा था, "मैंने तुमसे कहा नहीं था कि उसे यहाँ रोकना नहीं, चुपचाप दरवाज़े के पास से निकालकर ले जाना ?"

सब-इंसपेक्टर अपनी सफाई दे रहा था कि कसूर उसका नहीं, सिपाहियों का है—उन लोगों ने, लगता है, बात ठीक से समझी नहीं।

थानेदार माफी माँगता हुआ उसके पास आया और आश्वासन देकर कि उसे फिर भी डरना नहीं चाहिए, वे लोग उसकी हिफाज़त करेंगे, बोला, "उसे पहचान लिया है न आपने ? यही आदमी था न, जिसने आप पर चाकू चलाना चाहा था ?"

बाशी कुर्सी से उठ खड़ा हुआ। उठते हुए उसे लगा कि उसके घुटनों में खून जम गया है। उसे जैसे सवाल ठीक से समझ ही नहीं आया—वे जैसे अलग-अलग शब्द थे, जिन्हें मिलाकर उसके दिमाग में पूरा वाक्य नहीं बन पाया था।

"यह वही आदमी था न ?"

उसके पैरों में पसीना आ रहा था। बगलों में भी। साथ के कमरे में ठुकाई करते हुए पूछा जा रहा था, "तू नहीं था तो कौन था कुत्ते के बीज ? सीधे से बता दे—क्यों अपनी पसलियाँ तुड़वाता है ?" जवाब में मार खाने वाला न जाने क्या कहने की कोशिश कर रहा था।

अब तक वाक्य उसके दिमाग में स्पष्ट हो गया था। जो सवाल पूछा गया था, उसका जवाब उसे 'हाँ' में देना था। यह बात पहले से ही तय थी—तब से ही जब कि उसे उस कमरे में लाया गया था। वह आदमी वही है, यह सब जानते थे—वह भी, थानेदार भी और दूसरे लोग भी। फिर भी उसके 'हाँ' कहने पर ही सब कुछ निर्भर करता था।

उसने कमीज़ के निचले हिस्से से बगलों का पसीना पोंछ लिया। फिर उसे खयाल आया कि वह दो दिन से नहाया नहीं है, और कि मिन्नी हमेशा उसे सुबह नहाकर न आने के लिए ताना देती है। आज सुबह मिन्नी ठीक वक्त पर वहाँ पहुँची होगी। उसके वहाँ न मिलने से उसने जाने क्या सोचा होगा !

उसे यह भी लग रहा था कि वह जाने कोट-टाई पहनकर क्यों आया है—उसे क्या थाने में नौकरी के लिए दरख्वास्त देनी थी ?

"आप क्या सोच रहे हैं ?" थानेदार ने पूछा, "आपने उस आदमी को पहचाना नहीं ?"

यह एक नया विचार था। अगर सचमुच उसने उस आदमी को न पहचाना होता ?...और पहचानने के बाद भी इस वक्त अगर वह कह दे कि उसने नहीं पहचाना ?

पर इस विचार के दिमाग में ठीक से बनने के पहले ही, पहले की तय की बात उसके मुँह से निकल गई, "हाँ, वही आदमी है यह।"

जवाब सुनते ही थानेदार व्यस्ततापूर्वक वहाँ से हट गया। सब-इंस्पेक्टर पल-भर उसकी तरफ देखता रहा, फिर यह कहकर कि 'अब आप घर जा सकते हैं। चाकू, शनाख्त के लिए, आपके पास वहीं भेज दिया जाएगा,' वह भी वहाँ से चला गया।

वह अपने में उलझा हुआ थाने से बाहर आया। बाहर की तेज़-खुली धूप में उसे अपना-आप बहुत असुरक्षित और नंगा-सा लगा। लगा, जैसे वह अपना बहुत कुछ उस कमरे में छोड़ आया हो—कल तक का सारा संघर्ष, मिन्नी का चेहरा और आगे की सब योजनाएँ। फुटपाथ, सड़क और खंभे पहले कभी उसे इतने सपाट

और नंगे नहीं लगे थे। सामने जो पहली इमारत नज़र आ रही थी, और जिसकी ओट में जाकर वह अपने को कुछ ढका हुआ महसूस कर सकता था, वह भी सौ गज़ से कम फासले पर नहीं थी। खुले में चारों तरफ से सबको दिखाई देते हुए, उतना फासला तय करना उसे असंभव लग रहा था। 'अब मैं उस इलाके में नहीं रह पाऊँगा,' उसने सोचा। 'और वह घर छोड़ देना पड़ा, तो और कहाँ रहूँगा ? नौकरी तो अब तक मिली नहीं'''।'

उसने एक असहाय नज़र से चारों तरफ देख लिया। एक खाली टैक्सी पीछे से आ रही थी। उसने जेब के पैसे गिने और हाथ देकर टैक्सी को रोक लिया। फिर चोर नज़र से आसपास देखकर उसमें बैठ गया। टैक्सी वाले को घर का पता देकर वह नीचे को झुक गया, जिससे खिड़की के बाहर सिवाय सिर के, जिस्म का और कोई हिस्सा दिखाई न दे।

पैर में खुजली बहुत बढ़ गई थी। वह उसी तरह झुके-झुके काँपती उँगलियों से जूते का फीता खोलने लगा। ●

□□